Tolkien's Gown

托尔金的袍子
大作家与珍本书的故事

&
Other Stories of Great Authors
and Rare Books

〔美〕里克·杰寇斯基 著

王青松 译

中信出版集团 | 北京

图书在版编目(CIP)数据

托尔金的袍子:大作家与珍本书的故事/(美)里克·杰寇斯基著;王青松译.--北京:中信出版社,2021.6
书名原文:Tolkien's Gown & Other Stories of Great Authors and Rare Books
ISBN 978-7-5217-2749-4

Ⅰ.①托… Ⅱ.①里…②王… Ⅲ.①随笔-作品集-美国-现代 Ⅳ.①I712.65

中国版本图书馆CIP数据核字(2021)第032234号

Tolkien's Gown & Other Stories of Great Authors and Rare Books by Rick Gekoski
Copyright © Rick Gekoski, 2004
Simplified Chinese translation copyright © 2021 by CITIC Press Corporation
ALL RIGHTS RESERVED

本书仅限中国大陆地区发行销售

托尔金的袍子:大作家与珍本书的故事

著 者:[美]里克·杰寇斯基
译 者:王青松
出版发行:中信出版集团股份有限公司
　　　　（北京市朝阳区惠新东街甲4号富盛大厦2座　邮编　100029）
承 印 者:天津丰富彩艺印刷有限公司

开　本:787mm×1092mm　1/32　印　张:8　字　数:136千字
版　次:2021年6月第1版　　　　　印　次:2021年6月第1次印刷
京权图字:01-2021-1101
书　号:ISBN 978-7-5217-2749-4
定　价:58.00元

版权所有·侵权必究
如有印刷、装订问题,本公司负责调换。
服务热线:400-600-8099
投稿邮箱:author@citicpub.com

推荐序

"没了书,我还会是谁?"

王强

爱书人(bibliophiles)喜欢挂在嘴边的拉丁谚语莫过于:Habent sua fata libelli。

"书有书的命运。"说得够形而上。公元 150 年前后,莫鲁斯(Terentianus Maurus)说出这句话的时候却是一腔形而下的无奈,因为他的话还有一半后人不愿引了:Pro captu lectoris habent sua fata libelli。他的无奈是说:书之运命虽异,然在在仰赖读者之理解把握。没人能够预先知道什么书能得到阅读者的青睐。

巧得很,竟在我的书架上"发现"了 2004 年卡罗尔与格拉夫出版社(Carroll & Graf)出的这本书的美国版:《纳博科夫的蝴蝶》(*Nabokov's Butterfly*)。原来,一模一样的内容,英国版卖的是古香古气的托尔金,美国版卖的是艳情艳色的纳博科夫。有趣但也必然。更有趣但也更必然的是:一个爱书人写给爱书人看的一本如此不同寻常的书硬是这样捡回了一条命。

"爱书人"一词大致涵盖了三个族群:第一类乃旧书商或珍本书商——三教九流、各式各样。在商言商,置身书之沧海,过眼书的云烟见识多了,"你若承受不起多愁善感的代价,绝不能和经手的书有太多感情瓜葛,发生太过深刻的联系"(112页)。对书不再持"我执",日思夜想的是四处寻找让书快些漂亮脱手的时机。"我在《洛丽塔》身上赚到不少好处,只是还比不上纳博科夫。"(13页)第二类乃收藏者——视聚书如性命,宁可亏待肉身也不能委屈藏品,甚至翻翻书页都担心它会折寿,哪儿还会把它看作身外之物?"我拥有(珍藏着)首版《尤利西斯》750册当中的一册,上面有乔伊斯的签名。只要我一天不去翻开来读,它的品相就会一直完好地保存下去。都活了这么大年纪了,我能一直看紧不去碰它,可真是我人生的一大快事。"(75页)与藏品不能同生,又何妨同死。第三类乃严肃的耽读者或弗吉尼亚·伍尔夫笔下令人生畏的"普通读者"(the Common Reader)——对书的物质形态和价值持"空观",从文字中汲取纯净精神的"阳光"和"水分"构成了终极的乐趣。只有遇到难缠的文字,他们理解力超前的品味才会淋漓尽致地展露无遗。"《笨蛋联盟》(和《堂吉诃德》一样）里的事件不是一件接着一件发生，依照先后顺序、因果关系或其他因素展开，而是因为每一件事都荒谬地揭示出，伊格内修斯正走在通往自由的下坡路上。这样的脉络对于戈特利布也许不怎么样，但对于数百万读者来说，它却显得很了不起。"（129~130页）分而言之，三类"爱书人"的文字，古今中外确有些值得反复玩味的，可像《托尔金的袍子》的作者闲云野鹤般常年混迹于三种"爱书人"中间且在每一族群里都已历练成精的着实不多，何况尽管角色多变（运动好手、BBC广播节目主持、珍本书商、文学教席、独立出版人、无可救药的普通读者），他对书的挚爱总是褪不去他过人的浓烈与深刻。

洞察一个真具资格的爱书人对书爱得有多浓烈与多深刻，我有个基本靠谱的办法，那就是见到他谈书的第一个文字起就要即刻闭上理性的眼睛。你得像虔诚的宗教徒那样试探性地走近他，然后看看他或快或慢是否也能像虔诚的宗教徒那样信心满满地走近你，信仰是不是相同倒在其次了。他对书的爱若依然难抑俗世的种种欲望，虽然这欲望被包装得极巧妙，他谈书的文字便根本配不上你痴情的期待。若是他走火入魔竟对着刚刚进入书页依然陌生的你窃窃私语："这些可不是书，不是胶水、油墨和纸构成的东西。它们跟我密切得如同我曾跟我的灵魂会合。它们含藏了我的历史、我内心的声音以及我与超世间的所有维系……我还是那个我吗？没了书，我还会是谁？"[1]那么不管他是谁，你都可以丝毫不设防线跟着他走进他文字的世界了，那儿等待你的一定有魔术师宝盒一样想象不到的大惊奇。不，这还不够。更准确地用作者本人的话说，该是猎手一样机敏的寻宝人才配偶然一遇的"惊险刺激"。正是"惊险刺激"给作者笔下19部珍本书的艰难身世平添了他所向往的"赏心悦目"的生命力。

娴熟的故事技巧之外，真诚、绝不做作的坦率令《托尔金的袍子》叫人放心、感觉可靠。这是一部书价值构成的重要基因，如同真人格之于人。关键是，这真诚和坦率不是基于"诗意"的而是基于"学术"的，而且是成色十足的"牛津学术"，与平庸写手们无根基的"俏皮""犀利"毫无干系。"它（《尤利西斯》）是举世公认的20世纪文学经典，但它也恰恰提醒我们，'经典'一类书籍又会多么令人难说'满意'二字呀。"（66页）"尽管乔伊斯本人认为《尤利西斯》是明智正常的，充满生机与活力的，但它绝不是那样的经典之作，不是让人不读就觉得有点儿羞愧的那类书。"（75页）"这本书（《智慧七柱》）可谓无人不知，可在我认识的人中只有两位曾实实在在地读过它，并非因为该书太晦涩难懂，而是因

---

[1] 里克·杰寇斯基，《在狗之外》（*Outside of a Dog*），康斯特布尔出版社（Constable），2009年版，第5页。

为它乏味得难以卒读。"（100页）"那么J.K.罗琳又该被摆放在什么位置呢？我不认为，人们在做出这类评判时可以单单凭借个人的口味嗜好。如果你喜欢伊妮德·布莱顿胜过托尔金，我不会奇怪；但是如果你认为她是比托尔金更卓越的作家，那么，你要么是个涉世未深的孩子，要么是个白痴。"（219~220页）何等令人世和学术的虚伪无地自容的畅快淋漓呵！如果真像作者理解的那样，"它们（书）是人生阅历的注解"（xii页），我敢放言，对20世纪英美文学史来讲，《托尔金的袍子》必将是不可或缺的有力补充，因为它所给出的是让凝固的文学史枯燥刻板的文字在时间中得以重生的真血液。仔细读读60页和61页作者行云流水般评点美国20世纪50年代到垮掉的一代几十年文学变迁壮景的那三段文字，会泄露我放言的底气：区区500个字都舍不得用完，而且字字中的！

　　《托尔金的袍子》的作者对按照自己的意愿彻底俘获读者的耐心颇有些自负，虽然他谦逊地表白"心里没底"（xv页），可那暗暗的期许白纸黑字摆在那儿，尽管绕了个一点都不大的弯："如果有人能从中读出某种章法秩序，那我只能佩服。"（同上）其实，要依了让作者"佩服"的指点，仅仅把它当作短篇小说集或诗集来读，反倒封住了它通向其他交叉小径的可能——为什么不是历史？不是收藏心理学？不是阅读和写作的哲学呢？比如走向这样的小径——我说过《托尔金的袍子》流的是真血液。真血液就抑制不住蒸腾的血性。稍不

v

留意，本来意在射向他人的无情之箭会突然掉转箭身射向作者本人。"我不相信，他们能够闲庭信步地骑着骆驼驰骋沙漠，或胸有成竹地指挥第二次世界大战。相反，他们的自我感觉一定都受到把自己和某个英雄人物相互关联的想象的激励，以使得自己形象高大。"（109页）显而易见，作者对T.E.劳伦斯和丘吉尔的痴心收藏者难掩鄙夷和厌恶。为灭那些人自以为是的气焰，他甚至搬来荣格为他撑腰，虽然让荣大人屈尊在括号里。这种诉诸外在权威的"不自信"在他通篇游刃有余的娓娓讲述里竟显得那样珍贵。不幸的是，荣格的"心理膨胀"说没灭得了对手的"自我身份"认同，反点燃起我诘问作者的烈火。再向下深究，说不定能彻底颠覆掉"没了书，我还会是谁？"这一作者"自我身份"认同的凛然霸气：如果那袍子不属于托尔金，如果那不是纳博科夫签赠给格林的《洛丽塔》，如果那通从美国打来的怒不可遏的电话涉及的不是塞林格，如果待售图书目录第3号第124条不是乔治·奥威尔的亲笔信，《托尔金的袍子》找到读者的概率会有多大？《托尔金的袍子》用汉语讲述一遍的必要性又有多大？减去great（"伟大的"），减去rare（"珍稀的"），《托尔金的袍子》还剩下什么？毕竟芸芸众生匮乏的永远是"伟大"和"珍稀"，那么，收藏"伟大"收藏"珍稀"难道不是变相企及人生"伟大"与"珍稀"的唯一捷径吗？如此解构之后，除了《三故事与十首诗》一章里作者的姑妈把"收藏"和初夜的性快感联系在一起外，我们竟意外得到了又一个关于隐秘收藏心理的精辟完美的注脚。这个大收获怎么就轻而易举逃过了作者处心积虑的安排呢？

当俗世的人生快要向人类积累起的真正智慧不屑地关闭起它本该谦卑倾听的两耳时，我们幸运地捕捉到了一个微弱却令人猛然警醒的声音："Who am I, with no books?"（没了书，我还会是谁？）这声音既不来自讲神秘希伯来语的上帝，也不来自讲优雅高贵拉丁语、法语的笛卡儿或讲精准深刻德语的康德。它来自一个我们昨天、今天或者明天在渥威克或伦敦的一条街道上随时可能与之擦肩而过的凡人旧书商。要命的是，他嘴里流出的是充满年轻活力却偏偏与神启向不搭界的美式英语。他曾是美国人，2008年63岁时入了英国籍。2009年，他还写了本同样引人入胜的谈书小著《在狗之外》，开创了今日已归在他名下，以人生回忆起兴，串起书之漫忆的"书忆体"（bibliomemoir）。他叫里克·杰寇斯基。

古人云：有一时之书；有一世之书；有万世之书。不错，《托尔金的袍子》是作为"一时之书"降生的，但只要书和书的收藏不会濒危到灭种，只要人类还时不时惦记着尤利西斯、惦记着洛丽塔，它走向未来成为一本"一世之书"还是极有可能的。

（本文作者王强系真格基金联合创始人、新东方联合创始人、西文藏书家。）

作者序

我是在一位朋友家里与它们邂逅的,而且堪称一见钟情。那是1969年,我24岁,是一个在英国攻读英国文学博士学位的美国留学生。那是一个激情四溢的时代,而我正处在接受能力旺盛、如饥似渴的年岁,经受着牛津校园生活与60年代末率性孟浪氛围的双重影响。但是在我人生发生转折的那一刻,并没有任何梦幻色彩,相反,那一刻真的非常平淡无奇。在朋友家的书架上,在杂乱无章、普普通通的教科书与破旧的平装书籍旁边,我注意到,有一套20卷、棕色布面精装的《查尔斯·狄更斯作品全集》。

即便是我也能断定,那套书的装帧毫无可圈可点之处,做工简单,灰头土脸的。我也不知道为什么它却给了我如此强烈的震动。我成长于一个书香门第，但家中却从没有买过成套的书，我们不是那样的人家。只有图书馆才拥有成套的书，而不是寻常百姓家。可是，在埃弗里路那套普普通通公寓的小起居室里，居然有一套狄更斯作品全集！真叫我欣喜不已，无比神往：一个具有无限可能性的世界在我面前铺展开来。如果他能够拥有一套狄更斯全集，那我也一定可以。而且，为什么不再拥有一套特洛罗普全集？乔治·艾略特全集？斯威夫特全集？约翰逊全集？那样的话，我的书架看上去会多么富丽堂皇，多么……高雅！我要创建一个图书馆，而不只是随机积累而成的、毫无吸引力可言的一大堆书籍。每当夜色降临，我坐在自己的图书室里，叼着烟斗，摇身一变，俨然是一位学富五车的学者，一位儒雅的绅士。

第二天一早，我就来到住处附近考利路上的那家书店，而且运气很好，他们不仅有一套20卷本的《查尔斯·狄更斯作品全集》，而且还比那位朋友的更好：封面是讨人喜欢的橙色，配有烫金的纹饰，显得很大气。我花10英镑买下了它（朋友的那套书只花了3英镑）；我将它抱回家，摆放在书架最显眼的地方。在接下来的几个星期里，我观望着它们，心里喜滋滋的。不过，在我记忆中，我似乎从没有打开过它们，更别说认真读一读了。

然而，不幸的是，我算计错了。圣诞节就快到了，而我原本计划买一件时尚的、绣着各色花纹、上下散发着牦牛气息的阿富汗毛皮大衣给女友作圣诞礼物。唯一的难处是，那件外套要 30 英镑（当时，我每星期的花销是 30 英镑，过得很舒坦）。可我已经把那钱都花来买狄更斯全集了。我只得把绅士风度抛到一边，抱着那套书来到布莱克威尔书店的古董部，想把书卖给他们。令我惊愕的是，他们愿意出 20 英镑的价钱买下它。仅仅几个星期，我就赚了书价一倍的钱。这给我莫大的启示：好啊，好啊，居然无心插柳柳成荫，那么倘若你有心栽花，岂不是更加大有可为？

在接下来的一年里，我依样画葫芦，反复不断地尝试。我买下带金属刻板插图的、不为人知的维多利亚时期的书籍——"这些书无人问津，先生。"买下许多首版书，有查尔斯·利威尔、拉德克利夫·霍尔、约翰·梅斯菲尔德等——"这些书很不流行呵，老兄。"叫人哭笑不得的是，我果然有了一个小小的图书馆：统统都是我满怀希望地买来，却又统统令人绝望地收藏在家里的书。

渐渐地，我吃一堑，长一智。在我走上沃威克大学的英国文学教席之后，我继续买进卖出偶尔到手的书，贴补自己微薄的薪水。我成了一个"贩书党"——专事买进卖出书籍的人。这件事充满乐趣，逐渐成为一个能挣钱却不费钱的业余嗜好，日益吸引着我，叫我欲罢不能。到 20 世纪 80 年代中期，我每年贩书的所得能达到几千英镑。虽然我不能完全依靠这项收入来养家糊口，但它却成为我收入的有益补充。可是，我开始厌倦教书讲课的行当，而且大学生活的各种限制和约束也实在不合乎我的胃口。在我妻子和撒切尔夫人的共同鼓励下（前者给予精神鼓励，后者则给我一张 2.7 万英镑的支票作为启动资金），我辞去教职，决心做一个全职的珍本书生意人，专攻 20 世纪首版书与作家手稿买卖。在我宣布自己（过早）的退休计划后，一位同事鬼鬼祟祟地溜进我的办公室，向我坦白说，他认为我的离职行动"非常大胆"。我告诉他说，每当想到还要在大学里再混上 25 个年头，我就觉得他能坚持下去才真正属于英勇无畏。他听了怎么也笑不出来。

毋庸置疑，这件事相当冒险——我有两个年幼的孩子要抚养，但我还是成功了。自己当老板，四处游走，买卖一些无从知晓的怪书。这日子我过得开心多了，第一年就赚进了大学教职两倍的收入，还有多过以前 100 倍的乐趣。

从一开始我就十分走运。大多数珍本书商都要求有大量的库存，因此手中多数的书都价格低廉，可我发现——这让我十分惊讶——我擅长经销价格昂贵的书。我不知道为什么会这样，为什么我总能看出，一本身价高达数百甚至上千英镑的书依然被低估价值。这是一个寻找证明它有增值空间的证据的问题，多年来，这个本领赐予我机遇，使我得以经手一系列伟大的书。

在生意中，我集中精力购买一些我真正熟悉，并且曾经讲授过的现代作家们的珍本著作，比如亨利·詹姆斯、康拉德、T.S.艾略特、乔伊斯、劳伦斯、海明威、伍尔夫、贝克特等。差不多每一年，我都会出版一份待售图书目录，里面收录大约100来件好东西，其中的大多数最后都会顺利售出，虽然比你预想的要慢不少。

这是一个怡人的世界，里面充满着三教九流、各式各样的人，只因为都酷好藏书而走到一起。因为没有哪样东西能像书一样让人放心，又可靠。我指的并不是物质层面，而是从情感角度这么说的，尽管书籍多半要比人类更能经受时间的考验。书籍是人类的良伴，它们能使蓬荜生辉；它们是人生阅历的注解。它们能抚慰心灵，因为它们是如此的沉稳，从不改变，不像人那样变动不居。初读一本书，会叫人满足或失望，让人惊喜或恼怒，让人潸然泪下或放声大笑。但无论如何，书中世界发生的一切都是无可改变的：小内尔总会逝去，詹姆斯·邦德会继续打败邪恶势力，小熊维尼还会把小爪子伸向蜂蜜罐。

随着人的长大，阅读的乐趣会日益被重读的兴趣所代替。我们仿佛又变成了孩子，会因为熟悉的东西反复出现而欣喜。

然而，依我这个一辈子与书打交道的人来看，最令我着迷的是，即便是最著名的书，如果稍有闪失，也会面目全非。作者们会抑制不住地反复修改，永远都无法确信自己的那本书已经成形。编辑和出版商们，甚至是作家的朋友，常常能对最后的成品施加无法估量的影响。因此，出版一本书，通常是各方心血的共同结果，只不过最终署名只有作者一个人而已。每本书拥有各自的身世故事，研究它们的前世今生通常能给人以启迪。

世界上的书籍出版总量令人咂舌——仅英国每年就出版11万种，而且其中的多数很快而且势必会被人遗忘。但是也有非常非常少的文学作品会成为人们挚爱、颂赞的珍品，影响着其他作家，被大中小学选为教材，被翻译成多种语言出版。因为许多这样的书最初出版时印数都很少，所以书籍收藏家们都会费尽心机地搜寻初版本，为品相一流的珍本大打出手。一旦有绝世孤本出现，如果品相上佳，或者有作者的签名或批阅文字，那价格会立刻飙升。

《托尔金的袍子》追踪了19本举足轻重的现代书籍的问世历程，它们每一本都受到收藏家们的追捧。于是，从这个角度看，一本书的历史就与一群珍本书商的从业经历交错结合成为一体。因为我们每一位满怀喜悦与幸运经手过珍本书的人，都有自己的掌故要讲：一本珍本书来自何方，其中所包含的点滴故事，以及最后又去向哪里，等等，当然，还有交易的价码——这通常也是大家迫不及待想知道的。

本书起源于BBC（英国广播公司）四台的系列广播节目《珍本书，奇怪人》(*Rare Books, Rare People*)，其中有12章内容在该节目中正式播出过。然而，这几章在收入本书时都经过彻底的修订与改写。15分钟的广播节目只需要1400字左右的文稿，因此每一篇都修改了篇幅，内容因此也有所改动。该系列广播节目曾经大量依靠BBC影音档案资料作为素材，比如弗瑞达·劳伦斯抱怨丈夫多么难以对付，伊夫林·沃痛骂乔伊斯的作品"不知所云"——他给说成"噗之所云"等。人人都喜欢听这样的八卦掌故——想象一下，是弗瑞达·劳伦斯在亲口爆料！——而且，在广播中使用这些素材，是为了让众人了解真相，而不是为了进一步引起争论。所以，当我把这些广播稿改写成书面文本时，许多录音资料都用不着了，而是改用更加中肯恰当——我希望是如此——的评述来代替。

至于将《托尔金的袍子》一书的内容仅仅限制在现代图书范围（请允许我将《道林·格雷的画像》也包含在其中）这一点，我没有充分的理由。20世纪文学是我当年教书的内容，随即成为我做生意的范围，也成为我的至爱。选择这些书来讲故事是我的权利。虽然里面包含一些现代文学的经典版本，但多数都不是。我的选择来自以下几方面的考虑：第一，本人只对身世经历特别复杂的书感兴趣；第二，它们在珍本书市场上身价不菲；第三，多数情况下，这些书我都有精彩故事可讲（当然是从一个书商的角度）。当然，如果那本书是我的所爱之物，自然更有机会抛头露面，但并不是一定如此。有时候，讲你不喜欢的书的故事也很有趣。

章节编排方面，我遵循的是短篇小说集或诗集的做法，力求让人读来赏心悦目——窃希望能如此。这一点究竟做到与否，我心里没底；如果有人能从中读出某种章法秩序，那我只能佩服。

里克·杰寇斯基

目 录

《洛丽塔》	001
《霍比特人》	014
《蝇王》	026
《道林·格雷的画像》	039
《在路上》	051
《尤利西斯》	064
《儿子与情人》	076
《麦田里的守望者》	088
《智慧七柱》	099
《巨人像及其他》	112
《笨蛋联盟》	124
《故园风雨后》	136
《彼得兔》	148
《三故事与十首诗》	160

《两年之后》	172
《动物农场》	184
《诗集》（1919年版）	195
《哈利·波特与魔法石》	209
《高窗》	221
致　谢	235

Lolita
Vladimir Nabokov

《洛丽塔》

我编印发行的待售图书目录第 10 期（1988 年春季号）第 243 号列出的是下面这本书：

弗拉基米尔·纳博科夫，《洛丽塔》，1959 年伦敦出版。英国首版，纳博科夫馈赠其表兄彼得·德·彼得森夫妇的签名本，落款是 1959 年 11 月 6 日。签名下方有作者标志性的手绘蝴蝶小像一幅。

售价：3250 英镑（合 5900 美元）

几周后，我收到格雷厄姆·格林的来信。他本人是一位藏书家，我也定期向他寄送目录。

亲爱的杰寇斯基先生：

你那本《洛丽塔》并非真正的第一版，倘若它都能标价3250英镑，那由他签赠予我的巴黎版该价值几何？

格雷厄姆·格林敬上

纳博科夫签名赠予格雷厄姆·格林的奥林匹亚版《洛丽塔》！太了不起啦！这种书正是珍本书商所称的"关联本"（association copy）——由作者本人题赠给另外一位名人的书。就眼前的例子看，格林本人不但是不折不扣的"名人"，而且他还在纳博科夫这部小说的出版过程中扮演了至关重要的角色。纳博科夫给格林的赠送签名大大增加了这本书的价值——当时，一本没有作者题签的首版书《洛丽塔》大约值200英镑。

我当即参照格林的极简主义风格回信一封。

亲爱的格林先生：

价钱更高。你愿意卖吗？

里克·杰寇斯基敬上

就在随后简短（短得不能再短）的书信来往中，格林表示他有意出售，因为他还有一本作者签赠给他的英国首版，他觉得没必要两本书都留在手上。我告诉他，我非常乐意出4000英镑买下那本巴黎首版书，他则回复说，下次造访英国时一定顺道把书带来。

结果，直到11月，我才和他在他下榻的丽兹酒店见了面。他打开房门，我吃了一惊，他居然那么高，他那双蓝中带紫、水汪汪的眼睛神情灵动，令人印象深刻。我们坐下来喝了杯伏特加，然后，他拿出了那部《洛丽塔》：分上下两册印行的墨绿色小开本，散发着20世纪50年代的巴黎气息。那题签叫我激动得透不过气来："请格雷厄姆·格林雅正。弗拉基米尔·纳博科夫敬呈，1959年11月8日。"接下去是一只大大的绿色蝴蝶画像，蝴蝶下方是纳博科夫的手书："翩翩舞动于腰际的绿色凤蝶。"

"棒极了，"我说，"差一点儿就完美无缺了。"

他扬了扬眉毛，微微一点儿。哪里出问题了吗？

"假如落款是在这本书出版的当年（1955年），再加上它是首印本，封底也没有贴这枚新价格标签的话，那就无可挑剔了。"

他点点头。他在藏书界是出了名的完美主义者。

"不过，还是很棒——真正博物馆级别的。"

"我也这么看。"他说。

"我出4000英镑。"

"杰寇斯基先生,你太不了解我了。就冲着你这句话,我愿意少收一点儿。"

"相反,格林先生,倒是你不了解我了。我不会少付一分钱。"

他想了一会儿。

"要不要再来一杯伏特加?"他问。

接下来的几个小时,我们多半是在谈康拉德和亨利·詹姆斯。我想,大概是听到我说"亨利·詹姆斯的作品十分有趣,可是却搞不懂为什么没人待见"时,他才开始对我刮目相看。他打心底里同意我的看法。在君子所见略同的和谐氛围中,我俩又干了一杯伏特加。

"我可不敢高攀那个等级,"格林说,那口气像是经过一番沉思后终于看出了真相,但却对此毫不后悔,"康拉德和詹姆斯属于一流小说家。我属于二流。"我们的最后一杯伏特加是向他致敬:二流是诚可尊贵的。对此,我们都有同感。

他答应和我保持联系,事后证明这并非离别时的客套。几分钟后,一位门房毕恭毕敬地护送我上了皮卡迪里大街,我的怀里揣着那本《洛丽塔》,同时还交了一位新朋友。

第二天早晨9点,我公寓的门铃响起,艾尔顿·约翰的作词人,梳着马尾辫、面色和悦的伯尼·陶宾登门来了。他小心翼翼地问我(我当时穿着睡袍,正在吃阿司匹林),手上可有什么上等货，他太太想买来送给他做圣诞礼物。

无论你宿醉得多么厉害，你也不会把伯尼·陶宾赶走的，更何况他那位手握支票簿的太太。就这样，我莽撞地脱口而出，我确实刚刚买进了一样好东西……

这东西何止是好，它简直令人无法抗拒：伯尼既是格林物品收藏者，也是《洛丽塔》的粉丝。他的双手一捧上那本书，我就知道他绝不会让它溜走的。我立即明白，自己铸成大错了。好书可千万不要仓促出手：你需要时间对它做点儿研究，仔细琢磨琢磨它，静待其价格达到理想的价位。

"多少钱？"陶夫人瞧见丈夫两眼放出痴迷的神色，就心领神会了。

"9000英镑。"我说，心想这个价码会把她吓跑的。

她眼睛眨都没有眨，更别说砍价了。5分钟后，我收到一张支票，满脑袋疼，还有满腔的悔恨怅惘。我当时说不准是否把它贱卖了——9000英镑在当时可是一大笔钱——但是我心里明白，那本书在我手里太过薄命。有人说，好书在于品读，须把玩摩挲一阵，待其魔力消散，再谋求其商道财路才好。呜呼，可怜的《洛丽塔》，我们只不过刚见面就天各一方了！

《洛丽塔》最初是由莫里斯·吉罗迪亚斯于1955年在巴黎出版的。吉罗迪亚斯曾自嘲是"英裔法籍色情书商的第二代传人"。他父亲是曼彻斯特出生的杰克·卡汉,开办的方尖碑出版社在20世纪30年代曾经出版过亨利·米勒的《北回归线》。吉罗迪亚斯于1953年创办了奥林匹亚出版社,并和父亲一样,致力于出版质量上佳、在涉性方面赤裸大胆的英语文学作品。他旗下的一些作者是最上乘的作家,如萨缪尔·贝克特、威廉·巴勒斯、亨利·米勒、让·热内、J.P.唐利维等,而其他一些作者(通常匿名发表)则专事创作吉罗迪亚斯所谓的D.B.[1]。这些书常常被冠以不同书系名称出版,其中之一被搞笑地取名为"旅行者佳侣"。然而,即便是他那些色情书籍(如《满床春色》《强奸》《好事指南》《红唇大启》等)也都文笔不俗,堪称佳制。许多书都是由鼎鼎大名如克里斯托弗·洛格和亚历克斯·特鲁齐等人代为捉刀。他们既能从中得趣,又能得几个钱,何乐而不为呢。

那时,弗拉基米尔·纳博科夫在美国已经出版过好几部作品,受到一定的关注,但仍属于名不见经传的小人物,在康奈尔大学平静而卖力地教着书。他正急切地为自己的新书寻觅出版商:"经过5年苦心孤诣的魔鬼般的生活,我这部浩大、神秘、扣人心弦的小说即将大功告成。它是文学史上前无古人的巨作。"

---

[1] D.B. 为 dirty books 的简写,即"淫书"。(译者注,后同。)

可是,《洛丽塔》却接连被5家美国出版社拒之门外。虽然《党派评论》曾答应选登小说的片段,但是要求必须署作者的真名——对此,纳博科夫有点儿顾虑,单纯的美国公众会把那个第一人称叙述者和他本人画上等号,于是他就此拒绝。

有些出版社对《洛丽塔》钦慕有加,有意印行它,但终究认为此书属于危险之作。小说中那位中年主人公亨伯特·亨伯特迷恋上一位12岁的小姑娘。书中的洛丽塔可绝不是斯坦利·库布里克1962年拍摄的影片中由苏·莱昂饰演的性感少女。洛丽塔体重仅35千克,三围分别是27-23-29英寸[1],十足是个小黄毛丫头。小说拥有双重的惊人之处:不但以同情的笔调描绘出一个恋童癖的内心世界,而且他钟情的对象恰恰是一个初晓人事、撩人心魄的小姑娘。毫不奇怪的是,在20世纪50年代那种压抑氛围下,一家美国出版商建议说,它"理当在大石头底下埋上1000年"。

让我始终大惑不解的是,纳博科夫当初是如何逃过那一劫的。不过,只要你翻开书,读读开头那几段,心里就大概有数了:

---

[1] 1英寸=2.54厘米。

洛丽塔，我的生命之光，我的欲望之火。我的罪孽，我的灵魂。洛－丽－塔：舌尖沿上腭向下轻轻走三步，第三步落在牙齿上。洛－丽－塔。

早晨，她是洛，平平凡凡的洛，穿着一只短袜，身高4英尺[1]10英寸。穿上宽松裤，她是洛拉。在学校，她是多莉。正式签名时，她是多洛蕾丝。但是在我的怀里，她永远都是洛丽塔。

这段文字真够开门见山，但是其中杂耍般的优雅音韵与律动足以令最根深蒂固的恋童癖欲火全消。无论小说接下来的内容如何，也无论它激起了怎样波浪滔天的谴责，单单开头这几段文字就足以表明，此书并非通常意义的D.B.。

事实上，好几个当年读完全书的读者要求退还书款。他们抱怨这书不符合奥林匹亚出版社的一贯水准。这书简直读不懂，好像是用外语写的一般。自然，后面这一点倒是说对了。英语不是纳博科夫的第二语言，而是第三语言，康拉德也是如此。（那个年代里，有教养的欧洲人通常都把法语当作他们的第二语言。）纳博科夫最初的作品，始于20世纪20年代初，都是用俄语创作的，接着他用法语写了几本书。直

---

[1] 1英尺 = 30.48厘米。

到1941年，他才出版了第一本英语作品《塞巴斯蒂安·奈特的真实生活》。他的英语，弥漫着在一种新的语言里进行摸索并不断有所发现所带来的欣喜气息，这又和康拉德一个样。他的语言富有质感，古奥神秘，亦庄亦谐，不时翻腾着令人屏息叫绝的佳句良构，读来令人耳目一新，仿佛刚出炉一般，很容易就可以想象出，整本书似在用俄语娓娓道来。

迫于在美国找不到一个有胆量出版这本小说的出版社，纳博科夫在别人的建议下，把书稿寄给奥林匹亚出版社的吉罗迪亚斯。这个选择实在出人意料，是不明就里与权宜之计相结合的产物，而且几乎注定要在泪水中收场。

吉罗迪亚斯有点儿像游手好闲的无赖，是一个见多识广、讲究口腹之乐的人。他每年的出版计划都是先编造出一长列令人想入非非的书名，发布简略的故事梗概，一旦各路订单如潮水般涌来，他再孤注一掷地找人去写书。纳博科夫则是一个与此截然相反的对照，他是个极有教养的俄国贵族后裔，只以形式最高雅的文学趣味为己任。

然而吉罗迪亚斯眼力很是锐利，他一眼就看中了《洛丽塔》，立即同意出版：

> ……这个故事展现了一种奇妙情形，它是我梦寐以求却始终无从得见的：以一种既无比真诚又绝对合法的

方式处理人类身上最主要的一种情感。我感觉得出,《洛丽塔》将成为一件伟大的现代艺术杰作,会一劳永逸地证明道德审查的彻底无效。

在得知吉罗迪亚斯因为明目张胆地出版色情读物而臭名昭著后,纳博科夫给他写了一封信,表达自己的某种担心:"你我都知道,《洛丽塔》是一本有着严肃追求的作品。我希望公众也作如是观。丑闻缠身会叫我伤心的。"

但他得到的恰恰是丑闻缠身,而且那正是他此生以来最出彩的"丑闻"。如果这位天真的大学教授以为,出版这样一本书应该能博得普遍的尊崇,那么吉罗迪亚斯想的绝不是这些。他希望的是喧闹——这对打开销路大有益处。

当格雷厄姆·格林在1955年圣诞节那一期的《星期日泰晤士报》上撰文,推举《洛丽塔》为心目中三本年度最佳著作之一时,这本此前一直默默无闻的小说开始受到英国读者的关注。但是,这本书真正能飞速蹿红还要感谢《周日快报》的编辑约翰·戈登。他与格林的赞誉唱反调,他写道:

无疑,这是我迄今读过的最肮脏的一本书。一本纯粹的、毫不节制的色情书。主人公是个性变态,热衷于诱奸他所谓的"性感少女",年龄在11~14岁的小姑娘。

整本书都用来描绘他的狩猎行为和得逞的经过,写来不遗余力,不堪入目,极尽其文笔之能事。

格林对此的回应是,组织"约翰·戈登协会"——成员包括克里斯托弗·伊修伍德、安格斯·威尔逊和A.J.艾尔,协会致力于检举揭发"一切有冒犯性的书籍、戏剧、雕塑和陶瓷艺术品"。当前最紧迫的任务是确保"在拼字游戏中不运用脏字"。

尽管纳博科夫对迅速上升的销售量十分开心,但还是为甚嚣尘上的喧闹颇感烦恼:"我可怜的《洛丽塔》正在受煎熬。苦就苦在即使我把她写成一个男孩,一头奶牛,甚或一辆自行车,那些非利士人[1]也未必会放她一马。"

纳博科夫一直担心自己在康奈尔大学的教职会受影响,所以他希望匿名出版这本小说,但吉罗迪亚斯最终还是说服了他。如果小说注定会闹到法庭上去,而其作者本人当初都不敢署名认领它,那么拿文学价值为之辩护的说服力肯定会大打折扣。

美国出版商不久就重新找回对这本书的兴趣,却只能干

---

[1] 非利士人,一般指腓力斯丁人,是为数不多的神秘种族之一,大约在公元前5世纪神秘消失。此处用以喻指好战好斗的人。

瞪眼，眼见那么多奥林匹亚版的小说进入美国，却丝毫没有受到美国海关道德审查员的查处。格林本人则积极动作，希望在英国出版这本书。很快，纳博科夫就不再需要依靠吉罗迪亚斯了，他对对方不检点的经营行为日益不满。他们当初的合同规定，吉罗迪亚斯可以获得未来英语版和各种翻译版的1/3的收益，这份大方的合同会给吉罗迪亚斯带来一笔巨大的收入。纳博科夫曾想方设法毁约，但没能成功。

经过双方一番协商，吉罗迪亚斯同意将收益比例减少一定百分比，于是普特南出版社在美国出版了该书。前三周，此书就售出10万多本，成为自《飘》以来最畅销的一本书。此书也引来各种反响。得克萨斯州原本有个名叫"洛丽塔"的小镇就此改名"杰克逊"；笑星古诺丘·马克斯则声称，他要等上6年，等洛丽塔长到18岁再去读这本书。但大多数评论者都称赞小说是一部杰作，对此它是实至名归的：小说融合了悲剧和喜剧，文笔富丽堂皇，典雅而迷人。下一年，即1959年的11月8日，此书由魏登菲尔德与尼科尔森出版社在伦敦发行了英国版。

如此看来，我从格雷厄姆·格林手中买来的、由作家签名的奥林匹亚版《洛丽塔》上的日期竟然是英国版正式发行的日期——这是我后来才发现的事实。两年前，在苏富比拍卖会上亮相的一本魏登菲尔德与尼科尔森版的《洛丽塔》上的签名也是这一天,而我可能是当场众人中唯一认识到其中价值的人。我买下它的价格相当低廉,卖出时却相当不错。至于我从格雷厄姆·格林处买来的那一本,我于1992年以1.3万英镑的价格再次买进,不久就转手给了一位纽约收藏家。他也得了便宜。那本书2002年在佳士得一次拍卖会上再度现身时价格高得吓人:2.64万美元。我当时就在现场,简直惊呆了,恼闷不已(珍本书商常常遇到这样的情况)。

可不管怎么说,我在《洛丽塔》身上赚到不少好处,只是还比不上纳博科夫和吉罗迪亚斯。依靠那些收入,纳博科夫得以从教书匠职位上退休,全心地写作与采集蝴蝶标本。吉罗迪亚斯因为这天上掉下来的馅饼而一夜暴富,在巴黎开办了两家夜总会、一家餐厅、三家酒吧和一家剧院。5年后,他宣告破产。

The Hobbit
John Ronald Reuel Tolkien

《霍比特人》

1966年,也就是我进牛津莫顿学院读研究生的头一年,我蛰居于莫顿街21号一间狭小的学生宿舍。房间设备简陋却颇有浪漫情调——可以凭窗眺望玛格达琳钟楼,它那入夜的钟声让我彻夜难眠,房间内则冷得出奇。为此,我彻夜开着那台带两块散热片的电暖器,一晚上下来要差不多4英镑的电费,令舍工查理·卡尔非常恼火。他忠告我,过分暖和不但费钱,还对身体不好。

他合该骂我是个被娇惯坏了的美国富家子弟。如果依照当时的标准,我确实是当之无愧的。可查理太过执礼,不会说出那样的话，他何止是礼貌周正，还很和善、体贴入微。尽管他曾同时是牛津郡的足球队与板球队队员，在男人群体中拥有自己的身家地位，但他本性依然细腻、温柔，在许多人眼中这被视作奴颜婢膝，与男人品格格格不入，可在查理看来，牛津校园的舍工可不是仆人，而是牛津的一名雇员，其职责是在其掌管的房间俨如父亲一般照顾好学生，确保他们仪表整洁，举止得体。

1972年初，就在我拿到博士学位搬至沃威克，到当地一家新开办的大学教书之后，我接到查理打来的一个电话。他告诉我，托尔金先生搬到了莫顿街21号来住，并要他代为处理一大堆不想要的垃圾。

"你喜欢读托尔金先生的书，对吧？"他问我。

"非常喜欢。"我说，顿时充满了期待。

"那好，"查理说，"他叫我把一件旧校袍扔掉，而我琢磨着，或许老里克想要呢。"

我当即感到很失望。我原先想象的是托尔金那一大堆藏书，而我转念一想，校袍也值得要啊。为何不要呢？为甘道夫遮风驱寒的袍子，是吗？我把那破烂不堪的黑布袍子仔细察看了一下，在衣服一角果真有个铭牌，上书"R. 托尔金"。这么好的东西不要，你还想要什么？他还要送我几双托尔金的鞋子和几件旧夹克，我没再答应。我感激不尽地把那袍子装进塑料袋，请查理喝了几杯啤酒，然后提着那"稀世珍宝"（借用咕噜[1]的话说）凯旋，回到沃威克郡。它在我住所的阁楼上一待就是10年，被我忘得干干净净。

1982年初，大学教书生活令我感到失意，日益想着要换个行当，做一名专业书探，于是我决定发布一份待售书目录。这些年，在我收集的首版书等物品中也有几样好东西，但不久它们就令我有些倦怠。买来卖去要比单纯的收藏更有趣，因为在那个过程中，你会不断获得有趣的东西，从中汲取乐趣，然后卖掉它，再接着物色新东西。

我的第一份待售书目录是1984年秋天发行的，绿色的封面上面有个线条框，将一些重点精品列在里面。我认为，它的整体效果十分典雅大方，直到印刷厂老板将账单递到我手里，以疼爱的目光瞧着它。"价廉物美！"他说，"这正是本人的一贯作风！"

目录卖得很火，因为那些书是我花了6年时间四处收集来的，价钱也标得公道合理。"这很容易办到的！"一位书界人士轻蔑地说，"关键是你还能再弄出一份来吗？你能每隔6个月出一份这样的东西吗？"

我迫不及待地向我的新客户们证明，我正是那种善于发

---

[1] 托尔金小说中的著名虚构人物，是史图尔霍比特人的一员。

现不同寻常东西的生意人。弄些书是轻而易举的,人人都能做到。就这样,在6个月后印行的我的第2号书目第197号,我列的正是托尔金先生的校袍。今天看来,我当时对袍子情况的介绍有点儿过于浮夸:"黑棉布质地,略有磨痕,有一丁点儿污迹,做工精致完好。"此外,它还有一个卖点,只是在那天真无邪的年代里无人识察,那就是,那些污迹里富含的托尔金DNA样本,只要你采集一些,必然可以克隆出一小队托尔金们,而每位大教授都能炫出一套《指环王》三部曲,令那间资深教员休息室挤得满满当当。我当时给那件袍子标价550英镑(有点儿冒失武断了),结果被一位来自美国南部的学界怪杰买去了,他宣称要穿着它出席大学的年度学位授予典礼。查理对此大为吃惊,并用那笔天上掉下来的钱去康沃尔度了两个星期的假。

没过多久,我接到一个电话,是青年小说家朱利安·巴恩斯打来的。他同时还是个藏书家,不过我认为,自那以后他就放弃了这个爱好。他在电话中对我说,他看到了我的书目,并对第197号物品有兴趣。

"对不起,它已经卖掉了。"

他哼了一声。

"我没说我要买它呀。我是说,我对它有兴趣。"

"是这样啊……"

"它让我在想，如此一来，作家们的衣服是否也有些市场价值。比如说，詹姆斯·乔伊斯的吸烟服，你看值多少钱？"

"他有过这么件东西吗？"

"就假设有好了。"他说，明摆着一副贵族派头。

"我不知道。"我小心翼翼地说，摸不准对方葫芦里卖的是什么药。乔伊斯的吸烟服，听上去够诱人的。朱利安·巴恩斯从哪里弄到的？之前有名流经手收藏吗？出什么价他能接受呢？

"要么，"朱利安继续追问，"D.H. 劳伦斯的内裤呢？或者格特鲁德·斯泰因的胸罩？"

"我不清楚。"我说，连珠炮般的发问让我应接不暇。"我想，它们都是你本人的收藏品？你本人穿过吗？"

"你看出门道了。你的底线是什么呢？"他问道，仿佛我们正在汽车后座上耳鬓厮磨。

几天后，他的文章登了出来，——是在《泰晤士报文学副刊》上——其中关于买卖作家们衣物的想法谈得挺有意思。令我释然的是，我幸亏没有把托尔金先生的一双鞋子也列在目录上。自那以来，我就再也没有卖过作家的衣服什么的，尽管有一回我曾将西尔维娅·普拉斯两岁时剪下的一束头发也列在目录里。不过，我对乔伊斯的那件吸烟服总有些念念不忘。

当托尔金搬进我昔日房间正下方的一间条件同样简陋的房间后,他总算找到一个安静的所在安享余年,一边写作《精灵宝钻》。那时他很富裕,足可以找个更舒适的地方住,但他却宁愿回来过学生式的苦日子。老头子步履蹒跚,体面优雅,嘴里老叼着个不点火的烟斗,目光内敛,不可捉摸,叫你觉不出他到底是否在看着你。很可能他整个人都神游于自己的"中土",沉醉于史诗般的怀想。和人打照面时,他会咕哝一声"早安",那样子就像是他在问几点钟,或像是在猜这是什么玩意儿似的。

从现今的观点看,托尔金和莫顿学院培养出来的所有名人几乎没什么两样。托马斯·鲍德利爵士是莫顿人,马克斯·毕尔鲍姆和T.S.艾略特也是莫顿人,但他们都从未收到过左一麻袋、右一麻袋的书迷来信,也没有遇到过成群结队索要签名的人。每到周末,总有一小群色彩斑斓、身上毛乎乎的怪物会聚集在莫顿街21号的门外,傻呆呆、眼巴巴地盼望着,那阵势仿佛是电影《指环王》里的临时演员在聚会。

世界因托尔金而疯狂。《指环王》三部曲在1955年完成,赢得了高度赞誉,到20世纪60年代,当首批美国平装本上市的时候,这股风潮再度掀起。我认识的每一个人都读过这套书。着实迷人——它以出人意料的方式将崇高、学识与奇思妙想融合为一体,与时代精神实现了完美对接。如果你飘飘欲仙,而且说得再玄乎些,托尔金足可与甲壳虫乐队,安迪·沃霍尔、蒂莫西·李瑞等人一起成为璀璨夺目星河中一颗耀眼的明星。美国学生胸前佩戴着"支持甘道夫竞选总统"的徽章;在西贡,一位越南舞蹈家在他的汽车挡风玻璃上装饰着"索隆之眼";在婆罗洲(加里曼丹岛)有人成立了一家"佛罗多学会"。截至1968年,该书在全球的销量已超过300万册。对此番轰动,托尔金茫然不知所措,自我解嘲说这是"令我不堪承受的顶礼造神运动",而无论怎样,他对能挣得大把大把的钱还是喜笑颜开的。

这套书处处卖,人人买。孩子们喜欢,部分是因为它们不是专为他们而写。这套书读来并不容易:文辞古奥,情节盘根错节,人物关系错综复杂。阅读时一定要心无旁骛才行。托尔金坚称,每一本书都"自成一体"。在圣安德鲁大学发表的论仙魔故事的演讲中,托尔金表示,他从不"为儿童"写书,那口气就像为儿童写书叫人掉价似的。他曾写道:"儿童并不是可归为一级或一类的人,他们是成分混杂的不成熟之人的集合体。"这句话说得干脆利落,没有隐含纡尊降贵的意味。

他坚称,倘若他的书看上去有点儿"孩子气",那只是因为他本人就和孩子似的。我也是这样的。我把三部曲读了又读,接着又追根溯源,读他1937年就出版的《霍比特人》。那本书就简单多了,写给孩子们看的目的也更明显,虽然托尔金事后指出这是个错误,但还是同样令人着迷。今天,我一点儿也不想再重读那几本书了。我寻思着,那几本书似乎在故弄玄虚,还有点儿势利,爱装腔作势,故作高深。当初令我大呼过瘾的许多东西,在今天看来则有点儿幼稚。但真正叫我懊悔的,不是我曾经如此狂热地读托尔金的书,而是我未曾想到让他在那些书上给我签个名。

当时,你只需付比原始定价高几倍的合理价码就能买到《指环王》三部曲的首版书,而带护封的《霍比特人》也许要花50英镑,令你望而却步。在那年头,我对首版书什么的知之甚少。如果那时有人告诉我,我将耗费很大一部分成年后的光阴专事买卖它们,我一定会惊愕不已,被吓呆的。谁在乎自己读的是什么版本的书?重要的是内容。

奇怪的是,托尔金本应该以《精灵宝钻》为自己的写作生涯画上句号,因为那也是他写作生涯开始的地方。他在搞学术和文学创作两方面,都是一个修修补补没完没了的补锅匠和修订者,他宁愿把它扔在一边也不会让书以不够尽善尽美的模样出版。这最后一本书是个阴暗而雄心勃勃的传奇故事,最初的构思是在20世纪20年代,部分的苗头脱胎于他给自己孩子们讲的故事——他所有的书都是这样酝酿产生的。他把这个故事搁置在一边,起头给孩子们讲另一个故事(在他们所称的"冬日故事"活动中),这个漫长的故事就是后来的《霍比特人》。

据托尔金描述，霍比特人最初萌发的灵感就仿佛是信手拈来之物，是被海水冲刷到他潜意识的堤岸之上的。那是20世纪30年代初，有一次他批考试卷，批到一半，发现有一份博士生的考卷全是空白。他记得，就是在那页纸上：

> 我写起来了……"地洞里住着一群霍比特人。"那些名字总能在我心里引发一段故事。最终，我认为我最好还是搞清楚，霍比特人究竟是什么模样才好。

事后，他反复思考，霍比特人的长相就是他自己的模样：

> 我纯然就是一个霍比特人，只除了体格之外。我喜欢花草、树木和未经耕作的农庄；我吸烟斗，喜欢原汁原味的食物（不经冰箱冻藏的）；我喜欢装饰华丽的西装马甲，甚至敢于在当今沉闷的年月里穿上它们……我钟情于各种蘑菇（从田野里采来的）；我具有非常纯朴的幽默感；我晚睡，也晚起（如果条件许可的话）；我不太爱出门旅行。

从人种学角度看，霍比特人就是性格单纯、心地淳朴的英国人（虽然身材矮小些，脚上的毛发更厚重），日复一日没啥心思，平淡无奇，但是很有能耐，一旦激动起来，会展现出可嘉的勇气与才智。

然而，承认"我即是霍比特人"的自况，并不是否认托尔金包罗万象的阅读对这部作品的影响。1938 年，他在一封致《观察家报》编辑的信中费尽笔墨否认，他的霍比特人是受过朱利安·赫胥黎书中所写的非洲小毛人的启发而想出来的。他宁愿承认，他的主要灵感来自《贝奥武甫》，还从《老埃达》中汲取来小矮人和巫师的名字作为补充。其言下之意是，《霍比特人》这样一本书，任何一个想象力丰富、有些自尊心的盎格鲁－撒克逊学童后生都能写得出。

托尔金于 20 世纪 30 年代初开始动笔写这个故事，但如他一贯的情形——他觉得怎么也无法收尾完工。各路朋友都明白，特别是 C.S. 刘易斯，他是一位勤勉刻苦的作者，他们纷纷帮他看稿子，鼓励他继续写下去。但是，要不是他的一位博士研究生建议他把书稿送给乔治·艾伦与厄温出版社，这本书恐怕多半会无人得见。

厄温对提交的书稿一时拿不定主意，就把它拿给自己 10 岁的儿子瑞纳看，要他看完后提交一份读后感（厄温答应给他一先令报酬）。瑞纳很喜欢那个故事：

> 比尔博·巴金斯是霍比特人，住在霍比特洞里，从

未冒险出过门。后来，巫师甘道夫和他的小矮人说服他走了出来。他与许多妖魔鬼怪搏斗，打得非常刺激过瘾。后来，他们来到了狐山（应为孤山），杀死了守护它的龙斯毛格，又与各种妖怪打了一场激烈的仗之后，他回到了家——有意思！这本书，由于有地图的帮助，不需要任何插图，它很好看，5~9岁的孩子一定会喜欢。

瑞纳的父亲只在一点上意见有所不同。[1]他立即联系托尔金，委托这位颇具天资的业余画家亲自为书籍设计一个护封。托尔金对自己的艺术才华很是谦逊，直说"在我看来，那些画作多半能证明，这书的作者不善作画"。然而，他那个尽善尽美的护封如今依然令那本书熠熠生辉，锦上添花，更不用提它给一本初版书带来的巨大价值了。画面以蓝、绿、黑三种颜色为基调绘成，前景是一座森林，远景是冰雪覆盖的连绵山峰，蓝天白云间有飞龙在盘旋，伺机发起攻击。边缘是托尔金绘制的北欧古文字，拼写出完整的书名，透出一股魔幻气息："《霍比特人，或比尔博·巴金斯一年旅行之始末纪实》，由J.R.R.托尔金据巴金斯回忆录记录，乔治·艾伦与厄温出版社出版。"

该书于1937年9月出版，共印行了1500本，几个月之

---

[1] 似乎是指把"孤山"（lonely）写成"狐山"（lonley）这一处。

后又重印了一次。到圣诞节即将来临时,销售达到了如此盛况(据出版社上气不接下气地汇报):"实在供不应求,我们不得不赶赴沃金的印刷厂,用自家私车将已经印制完成的那部分书搬走,送往各处应急。"

"听上去很激动人心。"托尔金回答说,对销售情况与各方的赞誉褒奖十分满意。自那以后,《霍比特人》从未停止印行。它是所有儿童读物中最受追捧的书之一,而一本品相上佳、带有原版护封的首版书今天会卖到3万英镑。

唉,少不更事的傻瓜啊!当年我认识托尔金之时,讨要签名的陌生人队伍是如此之巨,以致他只能满足朋友们或莫顿校友们的要求。这签名对我来说本该是轻而易举之事,而如果我保存下几本签了名的书,那我单靠它们,晚年过个舒坦的日子就有了保障。这10年来,托尔金作品的价码已经高得惊人了——上升速度要快过纳斯达克指数,先是因为对电影版《指环王》的期待,随后是因为电影上映引发的效应。

一本托尔金签名的《霍比特人》如今值多少钱?也许是7.5万英镑。一本《指环王》的签名本呢?大约要5万英镑。各位注意了:我从未出售过签名题赠给我本人的书,我猜想我会把它们留给自己的子孙。但是,如果那要求足够感动我,或者某个嗜书如命的虎狼找上门来,我说不定还是会卖的。虎狼们爱吃的就是书,而且他们还格外钟情于托尔金。

Lord of the Flies
William Golding

《蝇王》

　　我有一位朋友，身兼藏书家和律师二职。他在图书方面洞若观火，而在打官司方面更是明察秋毫。仅从他在电话里说话的腔调就能听出，上述两者身份的有机融合令他兴奋不已。

　　"你赢定他了，"他说，"这是一桩轻而易举的案子！我甚至愿意免费为你打官司。我们来教训教训那个王八蛋！"

　　那是1985年，他刚刚读完威廉·戈尔丁最新的一本小说《纸人》。书中的主人公是个脾气暴躁、戈尔丁式的小说家，他遭到书中的反派人物，一个名叫里克·L.透纳，体格庞大、满脸络腮胡子的美国学者的骚扰。这个"里克"一心希望能为那位疑似戈尔丁的人物作传；除了其他劣迹以外，他还热衷于翻查小说家的废纸篓，期望能从中弄到一些有价值的作家私人信息，却被当场捉住。

"这是在诽谤，毫无疑问！你只要开口就行了！"在我的朋友看来，这起状告戈尔丁的案子的胜算面更大了。因为我告诉他说，小说中那位害人精美国传记作家的名字在校样时还叫"杰克"，只是到出版前才改为"里克"，很可能是出于对我当时为编写他的著作年表而干扰其生活，害得他日益恼怒的反应。我曾见到过校样，也读过那本书，所以这些对我都算不上新闻。我已经就此事打定了主意。虽说有些悲哀，但事实摆在那里，诺贝尔文学奖获得者一向对我是置若罔闻的。在鲍里斯·帕斯捷尔纳克的书中没提过我，奥克塔维奥·帕斯也是如此，甚至索尔·贝娄也一样只字不提。所以，如果有一位诺贝尔奖得主乐意让我进入他的大作中，哪怕是对我的讥讽我也能承受，总比只字不提要强。我还没骄傲到那个份儿上。

话说有一段时间，我曾与某位有点儿难缠、言辞尖刻的戈尔丁合作，为他的作品编写一份著作年表。他勉强答应下这项工作，他说"那像是在喝我自己的洗澡水"，还说这事叫他觉得自己被盖棺论定了（到那本书出版的1994年，他真的已经属于"盖棺"之人了）。尽管他一直坚持说自己既不支持，也不反对这项工作，但他最终还是风度翩翩地允许我不时去他位于特鲁罗郊外的家中做些拜访，调阅一些文件资料以及他本人作品的各种本子。

那段经历可绝对谈不上舒服，而他也觉得这些事是对自己的冒犯。有一次，我询问道，我能否查阅一些与他早年作品有关的资料时，他不耐烦而且话中有话地回答说："我绝不允许任何人把手伸进我的抽屉！"[1] 他的反应很是典型，显现的是畏首畏尾的小学校长们那种以攻代守的心态，既谦恭淳朴又高高在上，不可一世。他生性腼腆，只当他与家人朋友在一起时，或是在喝上几口杯中物之后，他才会轻松自如起来。

我听取戈尔丁的编辑查尔斯·孟提斯的建议，每次去都带上几瓶上好的普里尼－蒙哈榭白葡萄酒[2]，在午餐的时候一块儿喝上几杯。有一个下午，比尔（他喜欢人家这么叫他）在喝了个八九成的样子之后，步态艰难地走到钢琴边，"梆、梆、梆"地猛敲，我则在他的书房里工作。他算不上是一个技艺高超的钢琴手，充其量是热情有余；他弹琴发出的声响相当惊人。做书目编制工作是十分枯燥烦琐的活儿，需要注

---

[1] "抽屉"（drawer）一词的复数形式drawers还有"内裤"的意思。
[2] 普里尼－蒙哈榭白葡萄酒出产于法国巴黎东南的普里尼－蒙哈榭地区，是世界上最好的白葡萄酒之一。

意力高度集中，所以那震天动地的该死琴声对我来说真是糟糕透顶。突然，一切都平息下来，比尔跟跟跄跄地推门进来。

"这么做都有什么用呢？"他气呼呼地问，"谁他妈的在乎这玩意儿呢？"

"嗯，"我还算比较明智，想竭力判断出到底哪个更糟：是乱糟糟的琴声，还是这兴师问罪的口气，于是我小心地说，"对于那些想了解你的工作总貌的人来讲，这是有用的，比如你都写过哪些作品，什么时候写成的，等等。"

"那他们干吗不去读那些该死的书，那不就完了？"

"他们或许不了解你都写过哪些作品，或是什么时候写的，或是由哪家出版社出版的。"

他看上去满脸狐疑。想必真要有那样的读者，他也未必真的在乎。

"或者假如某个人想知道你的哪些作品被翻译成……比如说，保加利亚语……书目在这时就会派上大大的用场。"

他蔑视地瞅了我一眼，转身走了。接着，"乒零乓啷、叮叮当当"的声音再度传来，我疑心那是一首玛祖卡舞曲，但让人听上去就像是一首邀战曲。

不过，第二天上午，我受到了一次特别的款待。他邀请我陪同他去特鲁罗镇上的银行，去鉴定他的《蝇王》手稿真迹——看一眼，给估个价。我们一踏进银行，就听见一阵轻轻的"嘘——",柜员们立马全都安静下来。显然,戈尔丁是他们在当地最重要的主顾。事实上,1988年,当戈尔丁被授予骑士爵位后首次踏入这家银行时,一个年轻女出纳一时间张口结舌,脸涨得通红,结结巴巴地说:"早上好,戈尔丁爵士。"他回忆说,这让他觉得自己仿佛是马洛里[1]的书中人。

那份手稿保存在银行的保险箱里,看外表很普通,与家常用品一个样。他当年是用学生作业本来写作的,通常是课余休息的时候,一个人端杯咖啡,缩在教师休息室的角落里奋笔疾书。最让人吃惊的是,手稿上的笔迹流畅自如——很少有修修补补或改来改去的痕迹。后来,据他回忆,他总是在心里把整个故事都构思得清清楚楚才下笔,所以他觉得,他根本不是在"写小说",而是在"誊抄"。

我十分惊讶,他怎么会考虑要把那手稿卖掉,可事实是,他晚年一直为钱的事情闹心,被折磨得够呛。一天晚间,戈尔丁太太恳请我开导他。

"这对你当然没什么啦!"他怒气冲冲地说,"你是个大富翁。"

我一时头脑发热,鬼迷心窍,竟脱口说那就两人把财产互换好了,然后,我才暗示他,他这些焦虑不过是些象征性

---

[1] 托马斯·马洛里(?—1471),《亚瑟王之死》的作者。

的，一定另有苦衷。"究竟是因为什么呢？"我问道，"才华不再或是笔力不逮？抑或是心有余力不足？到你这样的年纪有这样的感觉是十分正常的。"

他骄横地瞪了我一眼说："你别他妈的傻乎乎的好不好？只是因为钱而已。"

他承认说，自己的财务状况令他如此揪心，是因为他害怕会因为逃税而吃官司坐大牢。

"我为此做了好多个噩梦。"他说。

"跟里克探讨探讨，"安（戈尔丁夫人）出主意说，"他能告诉你，你这副模样到底有多傻。"

"1961年，"戈尔丁说，"我访问了加拿大，并做过巡回演讲。嗯……其中有一所大学给了一张100美元的支票。"他顿了顿，仿佛因为要回忆并讲述那段经历而感到痛苦。

"然后呢？"

"我在加拿大兑了现，然后把钱花掉了。"

"然后？"

"就这些。"

"再没发生过类似的事情吗？"

他打了个激灵。"当然没有！我整夜睡不着觉，老想着国税局会追查上门，把我投进大牢。"

我小心地不让自己笑出来。"哦，"我大智大勇地说，"我想，你还没见过有哪个诺贝尔奖获得者因为逃税被关进大牢吧。"

"莱斯特·皮戈特[1]不就坐班房了!"

"他是个骑师,而且他是因为虚报增值税被抓的。"我说,"况且人家涉案金额高达400万英镑呢!"

"道理可是一样的。"比尔肯定地说。

我明白了,如此看来,他已经把《蝇王》手稿当作个小金蛋,乐意用它来换点钱用。戈尔丁是个疑神疑鬼的人,但从写作小说《蝇王》最初那一刻起,他却从未怀疑过它的价值,无论是作为小说作品,还是作为物品的手稿。当年他完成第一稿之后,他对家人宣告说,有一天它会为他"赢得诺贝尔奖"。事实上,虽然诺贝尔奖是对作家一生创作成就的奖励,而不是单为一件作品颁奖,但他确实说中了。

他对那份手稿的确切经济价值也毫不怀疑。虽然他要求我为他估个价,其实他心里早已有数了。

"要是你能找个阔气的美国人或日本人,"他说,一边试图装出老于世故的漫不经心的模样,与他的本性截然不同,"我愿以100万卖掉它。"

"100万什么?"我问,故意装糊涂。

他似乎考虑了一下。

---

[1] 莱斯特·皮戈特(1935—),20世纪中叶英国著名赛马骑师。

"当然是英镑了！"（仿佛我刚刚做出了什么对女王大不敬的举动。）

"可是，比尔，"我尽可能有理有据地对他说，"20世纪唯有一部手稿曾卖到过那个价码，就是卡夫卡的《审判》。"

他点了一下头，好像这正证实了他的观点。

"不管怎样，"我说，"都找不到能出那种价码的买主。"

"肯定会有哪个超级有钱的收藏家，愿意不惜身家性命买下它的！"

"以我的经验，一个人要是不计代价地买东西，他就永远也别想变得超级有钱。有钱人能够守住那份资产，唯一的途径就是按货色论价。讲究一分价钱一分货。"

他瞪着我。显然，我是个糟糕透顶的书商。

"给我100万。"他说，"你可以得到5%的报酬。"

第二次世界大战之前，比尔·戈尔丁是索尔兹伯里沃兹沃斯主教学校的一名年轻教师。他于1940年参加皇家海军，6年后回校继续任教：

> 从前，我也曾认为我们本性是善的，可是经历了第二次世界大战以后，我明白了人类对自己的同类都干了什么勾当，正是自那时起，我迫使自己相信，世间存在

着某种东西，我看得出它并非源自正常的人性，如那些书本所描绘的那样；其余的一切也是如此。我想，一定有某种邪恶的规则在发挥作用。

他当初接受的是自然科学方面的训练，等他重执教鞭的时候，他却对自己的学生着了迷。他们是什么人？他们有些什么本领？以前他从未认真思考过这些问题。如果人类，如他见识过的那样，能大规模地施展自己的邪恶本性，那么这会对他看待小孩子的观点产生怎样的影响？他的学生当时并不明白这一点，但他对人类自相残杀本性的恐惧，正慢慢转变成一种相关的新的兴趣点：男孩身上自相残杀的本性。

《蝇王》写的是关于男孩的故事，是戈尔丁在教书期间飞也似的完成的。但是，写完一部书是一码事，找到人出版它则是另一码事。据传，《蝇王》曾连续被22家出版社拒之门外。我对此是绝不会相信的，因为只有傻瓜才会把费伯与费伯出版社列为其第23家投递书稿的对象。但事实就是如此，那本卷了角的书稿确实在那封随稿奉上的平庸乏味的内容提要陪伴下绕了那样一个大圈子。"我在写的是关于一群男孩被迫流落荒岛的小说。书中探讨了人性中与生俱来的伤痛，是它促使他们创立了一种不够完善的社会。贵社对此是否有兴趣？"

毫不足怪,这篇蹩脚的内容摘要完全不入乔纳森·凯普、安德烈·杜意奇、弗雷德·沃伯格和维克托·格兰茨等著名出版商的法眼。1953年9月,戈尔丁将书稿送至费伯出版社。在此,它差一点在一开始就栽了跟头。查尔斯·孟提斯当时是费伯出版社的一名年轻编辑,他回忆说:

> 每逢周二上午,一位职业审稿人会来出版社,此处我们称她帕金森小姐好了(真实姓名姑且隐去)。帕金森小姐是个令人恐惧的角色,人人都怕她,因为她非常非常职业,有多家出版社请她审稿。据说她有双老鹰一般的利眼,眼力精准得令人难以置信,而且她还有一项伟大的天赋,能三言两语就概括出一部书的要义。她往往把那句断语写在书稿前由作者附上的自荐信上。帕金森小姐扫了一眼那本书之后,在那信上写了一段简洁有力的批语:"故事时间:未来。一个荒诞而乏味的幻想故事,描绘的是殖民地被原子弹爆炸击中,一群孩子逃到了新几内亚附近的一个丛林里。一堆垃圾,平淡乏味。不知所云。"

孟提斯没有就此放弃,他看了一眼那本被贬得一文不值的书稿,觉得它或许有点儿前途。小说开头写得很糟——花了13页篇幅描述原子弹爆炸,但接下来就渐入佳境了。孟提斯推荐同事们也读一读。销售总监不为所动，认为这本书不值得出版。但是杰弗里·费伯为了鼓励年轻人，建议孟提斯（他本人并没有承诺要出版这本书）与作者见面谈谈，看看他能否与作者一起合作，把书稿整出个样子来。

"我以为作者很可能是一个年轻教士，因为那本书在框架上具有明显而强烈的神学意味。现如今一目了然的是，我合该猜到作者是一位教师。"戈尔丁当时还不是大明星。他迫不及待地想听取批评意见，十分乐意进行改写。孟提斯的主要建议是，直接把那些男孩抛到荒岛上去，把前面的 12 页完全删除。

但是，即使戈尔丁和孟提斯就文本修改达成共识，二人在小说的书名上还有些争执不下。书稿原名叫《由内心生出的陌路人》，读起来十分拗口。该改个什么名字呢？戈尔丁出了几个主意，但却一个比一个更糟：《儿童的呼喊》《噩梦岛》《寻找岛屿》。走投无路之际，孟提斯搬出莎士比亚的《暴风雨》，希望从中找到个标题。然而最终还是他在费伯出版社的同事阿兰·普林格想出了《蝇王》这个名字。它一经提出就被接受了，堪称一锤定音。

1954 年 9 月，差不多在书稿送达费伯出版社一年之后，《蝇王》终于出版了。公司还将小说提交参加"切尔顿厄姆文学节小说新人赛"，结果连入围名单也没能进。然而，它还是慢慢地引来了各路好评。其中格外热情洋溢的评语来自斯蒂夫·史密斯，他称之"美妙绝伦，超凡脱俗"。但是小说销量开始飙升还要待 E.M. 福斯特将它选为 1954 年的年度最佳作品之后。后来，福斯特提到《蝇王》时曾说：

> 小说可以帮助一些成年人反躬自省，令他们少一分扬扬得意，多一些恻隐之心，支持拉尔夫，敬佩小猪，抑制杰克，[1]给阴暗的心带去一缕光明，带去一些宽慰。在当前情况下，依个人陋见，最迫切之事乃确定对小猪的敬重。这也是我们各路领导者身上最缺乏的。

他的这段话写于 1962 年，但今天看来依然适用。在这期间，《蝇王》已被译成至少 33 种不同文字出版，销量差不多有 2000 万本。首版本的《蝇王》，如果护封完好，今天要值 5000 英镑。

至于那份手稿的价值，我就一无所知了。手稿要比书更难估价，通常的方法是采取类推法，要么根据同一作者的其他手稿来推断，要么参照同等重要的其他作家手稿来推断。

---

[1] 三人皆是《蝇王》中的人物，各代表一类个性品格。拉尔夫代表善良，小猪代表理性，杰克代表邪恶。

如此看来,《蝇王》属于一个特例,因为战后小说中还鲜见有同样地位显赫、声名卓著的作品。有人想到了《麦田里的守望者》和《第二十二条军规》,认为它们的手稿都该享有与此相当的极高身价,只是它们都还没有出现在市面上。

多年以前,当戈尔丁要我为《蝇王》手稿估价的时候,我曾咨询过一些顶级书商,他们的估价在5万到25万英镑。我战战兢兢地把这个信息告诉他,他听后嗤之以鼻。没有谁能以这么便宜的价码染指他那个抽屉。我猜想,它的价位在今天应该接近前述价位的上限了。当然条件是你能找到那个富有的美国人或日本人。毕竟,《在路上》的手稿最近卖到了200多万美元,原因是它恰好在至少一个美国富人的心目中享有那样特殊的地位。[1]没准《蝇王》也能遇上一个,谁知道呢?

---

[1]《在路上》的打字原稿长达36米,于2001年在佳士得纽约拍卖会上以243万美元成交,打破了由《审判》保持的现代文学手稿的成交价纪录。买主是美国橄榄球队印第安纳波利斯小马队的老板詹姆斯·厄赛。

The Picture of
Dorian Gray
Oscar Wilde

《道林·格雷的画像》

    文学圈的午晚餐聚会，在普通大众的想象中，尤其是那些为数众多的从未参加过的读者心中，蒙有一层传奇般的色彩。尽管这类场合多半枯燥乏味，更多时候是毫无结果的，但在人们的想象中浮现的，总是圈内人在格劳乔俱乐部中觥筹交错，在加里克俱乐部里妙语如珠、对答如流的场景。[1] 大多数充满好奇心的读者都热衷于听到自己最喜欢的作家们的

---

[1] 格劳乔俱乐部，1985年成立于伦敦，取名自美国喜剧明星格劳乔·马克斯。加里克俱乐部成立于1831年，名称源于因演《理查三世》著称的18世纪英国喜剧名角大卫·加里克。

039

各种趣闻逸事，而事实也是如此，文学史上许多流传久远的妙言警语和俏皮话都是借着珍馐佳肴和更加不可或缺的美酒四处传播的。不过，除非当天的牡蛎彻底腐败变质，或者宴会地点是设在阿加莎·克里斯蒂的小说当中，否则文学圈的聚会很少会闹出人命关天的事。

不过，我并不认为这类聚会中的下面这一次是纯粹鸡毛蒜皮的小事一桩。那是1889年8月30日的晚间，出版商J.M.斯托达德约请了两位前程似锦的年轻作家一块儿吃饭。它直接导致了一系列事件——令人痛心疾首、扼腕痛惜——并最终以大约11年后奥斯卡·王尔德在巴黎的辞世收尾。

斯托达德先生当时正在伦敦四处为美国的《利平科特月刊》(*Lippincott's Monthly Magazine*) 搜罗稿件，邀请王尔德先生和阿瑟·柯南·道尔博士一起共进晚餐。王尔德这位爱尔兰年轻人1882年在美国的巡回演讲曾引起轰动，令人印象深刻。他四处拈花惹草，巧舌如簧，宣称自己是"为艺术而艺术"的忠实信徒。作为一个人，他魅力四射，风靡一时，尽管当时很难找到有几个人曾读过他的东西。

王尔德的文学创作，哪怕算到他与斯托达德共进晚餐之时，也相当单薄：共包括在杂志上发表的几个短篇小说，两部出奇沉闷、印数有限的剧本，一本花里胡哨但无甚称道的诗集，以及一本精彩绝伦的童话集《快乐王子》。一些年来，他凭借大学时代光彩夺目的表现以及机智与魅惑力而风光无限,如今这一切已经逐渐褪去,到35岁时,他陷入了某种危险境地,永远让人充满期待却又引而不发。如果他真是一个像他1882年赴美期间所宣称的天才,那也到了他拿出点作品证明给大家看的时候了。

两位年轻作家都没有辜负斯托达德先生那一晚的花言巧语,没让他枉费心机:柯南·道尔拿出了"夏洛克·福尔摩斯探案故事"的第二卷《四签名》,王尔德在经历了一次错误的开头之后拿出了《道林·格雷的画像》——对于出版商所花的一个晚上的工夫来说,这是个异乎寻常的大收成。他们支付给王尔德200英镑买下连载的版权,王尔德则用区区几个月时间完成了这部小说。

虽然《道林·格雷的画像》一书是那次著名晚宴的直接产物,但它最初的构思源于王尔德1887年的一次亲身经历。是年,王尔德请加拿大画家弗朗西斯·理查兹为自己画一幅肖像。肖像完成后,王尔德满怀喜悦地凝望着那幅画,却哀叹道:"多么悲哀的事情啊!……这肖像中的人将永不变老,而我却会年华老去。要是能颠倒过来该多好呀!"自然,要让二者相互对调,只能借助艺术手段才能实现。对王尔德来说,艺术永不会与现实生活混为一谈,因为对他而言,艺术要比现实更称心如意。

在随后创作的小说中，道林·格雷的肖像慢慢显现出岁月对真人的摧残，而现实中的主人则明显不受影响，依然美貌如初。随着他肉体与灵魂的分离日益严重，他无法忘怀自己的画像正变得越来越无法掩饰的丑陋，与之同时，他却继续过着糜烂的生活，令自己的画像继续败落。终于，他爆发出疯狂的怒火，用匕首刺穿自己的肖像，结果却把自己杀死了。仆人们过来时，见到的是一具丑陋不堪、枯槁败坏、无法辨识容貌的尸体，而那幅肖像则恢复了原先的美貌。这真是一则绝妙的寓言。

1890年7月，小说在美国的那份杂志上连载发表，反响出人意料地好。评论家从中看出出卖灵魂以及醉心罪恶的代价这类古老的道德寓言，于是都感到有点儿不安（有必要把道林说不清道不明的劣迹描写得如此扣人心弦吗？），但普遍认可这是一部恳切的作品。王尔德本人却对此种认可感到有点儿苦恼：任何一个能够如此轻而易举地令美国公众心悦诚服的作家都应该改过自新、走正道。"是的，"他顺水推舟地表示，"《道林·格雷的画像》中确实包含着一个糟糕的道德训诫——那些好色之徒无从见到，唯有心智健全之人才能体会到这一点。这是艺术性的错误？恐怕正是如此。这是这部小说唯一的错误。"

《道林·格雷的画像》当时没有成书，但不久就要印成书出版了。一家英国小出版社沃德·洛克公司询问王尔德，小说是否可以由他们在下一年出版。他们认为，唯一的障碍在于小说当时只有5万字，出单行本篇幅有点儿太短了。王尔德答应再增加6章，并对有机会顺道修改作品表示欢迎。增写的章节令小说大为增色，人物刻画更加细致，情节设计更加有趣也更为合理。

小说在《利平科特月刊》连载时，美国评论界为之高奏赞歌，受此鼓舞，作者对即将发行的单行本同样信心十足。然而几方面敌对的迹象已经显现出来，令出版社对小说在英国出版可能受到的对待忧心忡忡。

而且，王尔德还在公开挑衅，似乎有点儿故意装糊涂的意思："每个人都在道林·格雷身上照见自己的罪恶。至于道林·格雷的罪恶是什么则无人知晓。自己身上有过那些罪恶的人才能找得出。"在沃德·洛克出版社的强烈要求下，王尔德修改了1890年版本中几个段落的内容，尤其是其中有同性恋意味的语句。他感到愤愤不平，说："这把我烦死了。"他希望提醒出版社，那是他的书，不是出版社的书。即便不心甘情愿，他最终还是答应作了几处关键性的改动。男主人公彼此间搔首弄姿的描写少了许多，几处能给人以某种暗示的段落被删除了。在1890年发表的版本中有如下一个片段：巴塞尔·范问道林"为什么你所交结的年轻人都没有好下场?"道林并没有为自己辩护,对隐射自己性行为不端的话未置可否。但在后面的版本中,道林则对此当场予以驳斥。

《道林·格雷的画像》一书于1891年4月出版发行,由于王尔德对书的设计、排版和装订过程强行插手干涉,所以该书整体相当漂亮,一如他的其他著作一样。书是由他的朋友查尔斯·里基茨设计的。常规版本印刷了1000本,每本6先令,大号纸本250册,每本2基尼,附有奥斯卡·王尔德亲笔签名。《道林·格雷的画像》一书与书中的主人公一样,看上去很棒;要是它能超越自然规律,永葆青春就好了,不过,它也同样华而不实。用几次后,它的烫金字就脱落了,纸板封面变得肮脏不堪,书脊与边缘裂开,露出华而不实的装帧用料,真是金玉其外、败絮其中。在珍本书市场上,品相上佳的本子从未有人见过,倘若有人能找到极为罕见的带护封的本子,肯定能值3万英镑。

无论那本书本身多么漂亮,也无论它显而易见的道德寓意多么引人关注,英国评论界根本不像美国同行们那样齐声喝彩。也许是因为男子同性恋在英国社会是个绝对禁止的话题。在公立学校上学的男子——英国文学作品几乎完全由这样的人物组成——总受到校长老师持续不断的告诫:手淫、同性恋乃罪恶之举,祸害惊人。话语都说得婉转隐秘,但言下之意还是一听就懂的。很可能美国人都忙于猎熊、修筑铁路，没工夫关注这些不足挂齿的危害。然而，英国评论家惯常都把这当作自己的本分，随时保持警惕，以免各种丑事漏过，仅仅因为他们觉得普天下只有他们最清楚这里头都是怎么回事儿。同性恋现象在文学世界里满眼皆是，只不过讳莫如深。《道林·格雷的画像》的问题并非在于它的描写太露骨，而是它的影射太过明目张胆，任何受过良好教育且阅历丰富的人都不会错过。

《每日纪事报》称该小说是"从法国颓废派文学的脓疮中挤出的脓血，……是一本充满了毒素的书，散发着道德败坏与精神堕落的浓重恶臭"。唉，有人今天听了这些会回答说，这话说得一语中的，有何不妥呢？但就当年情况看，这话倒真的不合适。关键在于，当年的环境下，允许这类罪恶在文字装点下散发出浓浓诱惑力是大逆不道的，即使出发点是为了谴责它也不行。因为它很可能给反对者以口实。

这本书确实有这方面的内容，也确实招致了多方诘难。但是《道林·格雷的画像》在别处激起的是痛楚和愤怒，可在牛津，这个传说中上流同性恋者的大本营，却受到了一场款待。唯美主义运动的教主，王尔德在牛津上学时的导师沃尔特·佩特拒绝对发表于《利平科特月刊》的《道林·格雷的画像》做任何评价，认为那是一个危险的作品，但他却极度钟情于小说单行本，称之"栩栩如生，但又稳妥细致地暴露出灵魂的堕落"。诗人莱昂内尔·约翰逊送了一本书给阿尔弗雷德·道格拉斯勋爵,他是昆士伯里侯爵的小儿子,当时正就读于玛格达琳学院(那正是王尔德当年的母校)。

如果说波西(即道格拉斯勋爵众所周知的名字)对小说一见钟情,似乎并不夸张。据他本人的说法,他一口气把小说读了9遍,但是有别人报告称,他总共读了14遍,只不过不是一口气读的。当年的照片显示,他一头金发,身材纤弱,气质高雅,但却无精打采,面露愠色却一脸的傲气,那副身架举止透露出声色犬马而又浑身紧张的信息。现存的照片中没有一张显露出他是个幸福的年轻人,也许,他不想给世人留下这样的印象。他无拘无束,娇生惯养,在他那些(男性)友人眼中是个美人,总能想什么有什么。这一回,他想认识奥斯卡·王尔德。

得知波西这样的身高位尊之流喜欢自己的书,王尔德有点儿受宠若惊,又因为关于对方美貌的传闻早就令自己心醉神往,他不久就在泰特街自己的住所里设宴招待阿尔弗雷德·道格拉斯勋爵,签名题字送给这位书迷一本限量版《道林·格雷的画像》,书上的落款日期是1891年7月1日。(我拿不准这本书究竟值多少钱,但它确实是能想象得出的最美妙绝伦的藏品之一。我愿出6万英镑收购,并且稳赚不赔,对此我信心十足。)

虽然王尔德与康斯坦司的婚姻表面上看起来幸福美满，对两个年幼的儿子也呵护有加，但他此时已是个十足的同性恋。大约5年前，他就在牛津被罗伯特·罗斯诱惑上钩。比那更早几年，他就与约翰·格雷（道林·格雷袭取了他的姓氏）有了苟且之事。但随着波西的出现，一个真正的道林即将走进王尔德的生活，他的形象得到了王尔德小说的完全证实和强调。《道林·格雷的画像》成为波西的脚本，接下来的一切仿佛验证了道林的一切经历：道林收下愤世嫉俗的亨利·沃顿勋爵赠送的那本危机四伏的法文书，从此生命被无可挽回地彻底改变。

王尔德从此成为波西的导师和情人，而波西则引领着王尔德心甘情愿地走向毁灭。这是生活模仿艺术的绝妙范例。正如书中的画家巴塞尔·霍尔瓦德回忆的那样，他结识了道林并为他画了一幅肖像：

> 我一向是自己的主人，不受别人摆布；至少在认识道林·格雷之前我一向如此。……有个声音在告诉我，我的生命正处于一场可怕危机即将发生的边缘。我有种古怪的感觉，命运之神已经为我准备好一切：悲欢离合。

若不是因为这个故事令人悲恸哀伤，人人都会为这现实与艺术的完美结合感到高兴。

此后发生的事情我们都知道了：在波西影响下，王尔德文如泉涌，迅速蹿红文坛；昆士伯里侯爵怒气冲冲地登门造访，没能见面后留下一张纸条，直呼王尔德是"鸡奸者"[1]；王尔德控告侯爵诽谤，侯爵反诉王尔德；经过三番审判，王尔德被判处入狱；出狱后流亡海外，晚景凄凉，最后于1900年11月客死于巴黎一家旅馆。这段故事是如此耳熟能详，似乎在暗示我们这就叫命中注定；但实质上从王尔德愚蠢地倾心于波西伊始，这一切就被他身边的人——甚至包括他自己——早早看在眼里：这段恋情注定会带来灾难性的后果。

在1895年的那次审讯中，《道林·格雷的画像》一书被检方当作王尔德伤风败俗的证据当庭出示。爱德华·卡森爵士是王尔德在爱尔兰读书时代的同窗，他坚称："《道林·格雷的画像》这本书可以确凿无疑地证明，指控王尔德先生的罪名是完全成立的。"这种说法真是简单而粗鲁——尽管具有讽刺意味的是，它说的也是实情，而王尔德在证人席上当场就把他的对手驳斥得体无完肤。王尔德占尽了主场之利，因为生活与艺术的关系问题对他来说早已经思考透彻，说起

---

[1] 正确写法应为 posing sodomite，当时侯爵不知何故出错，将之拼写作 somdomite。

来当然雄辩有力。他在法庭上的那些密不透风、完美无缺的辩词常常把卡森驳得像个傻瓜似的愣在一旁。面对卡森指责他的小说有悖常理且具有可能唆使性变态的指控，王尔德倨傲地回答说，这一结论"只能是野蛮人和不识字之人才能做出的，俗不可耐之人的艺术见解着实蠢得不可蠡测"。

你们或许认为，再蠢也不会蠢到王尔德这种地步，在法庭上，在一群俗不可耐之人对他做出审判的时候还会说出这一番话。可王尔德绝对控制不住自己的妙语连珠；他最爱的就是迎着诱惑一头扑上去。他在一封写给柯南·道尔的信中承认：

> 为了遣词造句，我宁可将合理性抛到九霄云外；为了一句警言妙语，我宁可将真实性弃之不顾。各类报刊上的文章似乎全是由淫亵好色之徒写来供俗不可耐之人看的。我怎么也不明白，他们怎么会指责《道林·格雷的画像》不道德。

然而，在受审过程中王尔德确实把真相全都抛诸脑后，确凿无疑地表明自己是一个与某些男子不三不四、犯下忤逆天道罪行的人。但是，在王尔德以礼相待的那些伙伴中，谁也比不上波西那样卑鄙无耻。即使是身败名裂、受尽屈辱的王尔德刑满出狱，悄悄溜往法国以度余生之时，波西仍旧寻踪而至。王尔德竟然又傻乎乎地与他重修旧好，致使这些年饱经苦痛的康斯坦司终于心灰意冷，对丈夫断供。结果，贫病交加而愚蠢的王尔德至死一直追随着这个年轻漂亮的情郎，即使他意识到两人之间的纯真情愫已遭污染败坏也不离不弃。历史对他可够好的了：他本人应该对此知道得最清楚。我们无法逃避如下的结论：纵使奥斯卡·王尔德本人乐乎其中，但他仍旧是个该死的傻瓜蛋。很难搞明白，这般傻事都是怎么造成的？其中必定有某种重要的力量在主宰着一切。假定是王尔德自己恣意放纵，选择走上这样的人生道路，那么他的悲剧命运又如何才能避免呢？我想，我们可以断定：性格决定命运；或者，在最低限度上，弱不禁风、浪漫多情的艺术家应当避免与美国出版商共进晚餐。你可说不准他们想要把你引向何方。

On the Road
Jack Kerouac

《在路上》

　　有一个老掉牙的谜语：远看黑压压，近看一片红。（打一件东西。）

　　在那个新闻媒体还没有采用彩色印刷的年代，这则谜语的谜底当然是：报纸。在今天，这则谜语连小孩子听来也了无趣味，但它却让我想起来一件东西，前一阵子它在拍卖市场上引起了一番骚动：一卷9英寸宽、120英尺长的电传打字纸卷，上面的黑色字迹稍稍变淡，离远一点看过去，那字迹就仿佛由赛·托姆布雷[1]和理查德·隆[2]两位联手打造的装置艺术作品。纸卷的缔造者（被诺曼·梅勒誉为"行动画家"）形容自己的方法是"素描"，并将那东西称为"一条路"。远远看上去，它不就是一条路嘛。当然，这样说再合适不过，因为那纸卷实质上是一部蜿蜒伸展的文学作品，是杰克·凯鲁亚克1951年在咖啡因里整整浸泡6个星期后写出来的，6年后出版时的正式名称就叫《在路上》。

事实上，《在路上》的整个写作过程相当漫长。他在写给书中主角尼尔·卡萨迪（书中改名萨尔·帕拉戴斯）的一封信中说，小说的主题是：

> 女孩子、大麻等。讲述的是你和我和路的故事。……我俩在1947年的初次相识和早年的生活经历；1947年在丹佛的种种；1949年的哈德逊之旅；那年夏天搭乘一个同性恋家伙的普利茅斯车和凯迪拉克开到时速110迈[3]。一路狂飙，到芝加哥和底特律；以及最后的墨西哥之

---

[1] 赛·托姆布雷（1928—2011），出生于美国，活跃于欧洲，以抽象涂鸦而闻名，是世界抽象艺术大师之一。
[2] 理查德·隆（1945—），英国大地艺术的代表艺术家，他的作品被许多知名博物馆及艺术馆收藏。
[3] 1迈约等于时速1.6千米。

行……情节，如果有的话，则是用于描写你从早年一个年轻的小囚徒发展到后来（今天）的W.C.费尔兹圣徒的过程。……我把一路上的情形全抖出来了。那一路走得快，讲起话来也就急吼吼的。

凯鲁亚克于1948年动手写这部小说，后来又从头到尾重写了一遍，接着就有了那一整卷的打字手稿，然后是敲敲打打地修改润色，6年之后才把它拿出来出版（在那期间，他曾另外写了12本书）。尽管他的第一部小说《镇与城》（*The Town and the City*，1951）相对比较传统，取得了一定的成功，但各家出版社都对这部新作中无所节制的极度亢奋感到如履薄冰。似乎向来还未曾有过以如此孩子气的口吻记述人生成长之旅的：

哇，哥们儿，要干的事情太多，要写的东西也多！

索性一个劲儿把它们全都写下来，不用管什么修饰、限定，文学上的规范和语法上的条条框框全都不理会。……我迎着内布拉斯加那狂野、抒情、飘着蒙蒙细雨的空气猛灌了一口。

"哟嗬！我们上路啦！"

我对自己说："哇，丹佛会是什么样子啊！"

这些个感叹号表明,这本书中充满了漫画书常见的小孩子口吻——"天哪!蝙蝠侠出来啦!"——而不是一本严肃小说的文风。"丹佛!"你一定是肾上腺素分泌过多,否则1947年那回你是不会被一脚踢出丹佛的。

全书的主题也正被文中那种信口开河,想到哪儿说到哪儿的词语揭示出来:飘飘欲仙,醉醺醺,放一炮,有了点儿感觉。然而,严格来说,这趟旅行并没有真正的目的地。凯鲁亚克是出了名的无处可去之人,要不是他有个敬爱的妈妈〔他所称的 Mé Mere,在她心目中,他是她始终如一的 Ti Jean("让儿")〕,他可以说是个无家可归之人。

此刻,我手上有一封长信,是凯鲁亚克写给他妈妈的,信中的话清楚地表明,如果他有一天真想稳定下来,那也只会是和妈妈待在一起。信是1953年4月在圣路易斯-奥比斯波写的,他在信中极力颂赞加利福尼亚的美景,建议妈妈去那儿跟他会合。他兴高采烈地说,圣路易斯-奥比斯波光电视台就有两家(!),而且气候特好!

> 我想,我们一开始最好先住在房车里,住个一年半载的,然后我们可以开始……记住,一旦你认为已经受够了,我们就离开;我们一开始就住在房车里好了,一辆旧房车就行了。其余的可以慢慢来——你会明白我说得没错——

你一定会明白我是对的。

这封叫人心酸的信并没有给出任何迹象，表明他当时过着怎样一种荒唐离奇的生活，也没有只言片语提及他来者不拒、有机会就上床的性行为。很可能，即便他是与妈妈一起住在一辆房车里，他也不会束手束脚，改变自己的习惯。他常常去各种女人那里做客，但他更多时候造访的是巴勒斯、卡尔·所罗门、卡萨迪、金斯堡——这些包围着他的文学泼皮们。他拜访他们，待到他觉得厌烦了，或他们厌烦他了才离去，接着就继续上路，靠四处打零工维持生计，同时写东西，一直不停地写。

重要的是旅行本身描画着边界，又不断地超越边界，一刻不松劲地追寻新鲜事物。而目标却是内在的，被一路上的寻欢作乐和沉思默想所增强，为的是寻求那传说中大彻大悟与身心和谐的时刻。《在路上》原名叫《垮掉的一代》，这个词恰到好处地喻示着它是由节律感、攻击性和万念俱灰融合而成的产物。但凯鲁亚克后来坚持说，它只是个随手捡来的词语，用以形容那追求"至福安祥"之人。转眼间，《旧金山纪事报》的一位记者就生造出了"垮掉之人"（beatnik）一词（与当时正火的苏联人造卫星sputnik一词正好谐音，懂吗？）。对此，凯鲁亚克不屑一顾，但这个词却还是大行其道起来。

书稿到处吃闭门羹。虽然不乏一些支持者,如有先见之明的罗伯特·吉罗克斯,但是大多数出版社都对它不感兴趣。当然,出版商一向都是些不会冒险的家伙,但是凯鲁亚克的朋友们也不喜欢最初的稿子,甚至金斯堡也名列其中。虽然他对这项工程的本质充满热情,但他的保留意见非常中肯深刻,似乎都颠覆了那些溢美之词,觉得是明褒实贬。

> 我为这部书感到忧虑。它是疯狂的(并不只是偶尔疯狂而已),但却是无端的疯狂……以一种糟糕的方式发疯。无论从美学角度还是出版角度,它都必须要全部回炉,要重新打造。依我看,无论是谁,新方向出版社也好,欧洲也好,都不会照现在这样子让它出版的。他们不会这么做的,没有人会这么做的。

凯鲁亚克因此遭受重创,觉得被人端了老巢似的背叛了。他的回应也毫不留情:

> 我总算明白了,为什么这本书是了不起的,而你又为何恨之入骨……你……是个啥都不信、啥都痛恨的人,你那些假惺惺的作态骗不了我,我能看得出那背后龇牙

咧嘴的面孔……去胡吹你的那些科索[1]吧……我希望他能捅你一刀子……饶了我吧……别再往我身上抹黑了。

正是马尔科姆·考利这位文学达人的发掘者和激励者慧眼识珠，最终认识到这本书的价值，并向维京出版社作了推荐。但考利认为，必须要先将小说的部分章节在杂志上发表，让大众读者习惯凯鲁亚克的风格。而且，他还斩钉截铁地补充说，书稿还要做大幅度修改：

> 小说故事在东、西海岸之间来回晃，就像个庞大的钟摆。我认为，其中的部分旅程应当有所压缩。当时，凯鲁亚克同意了我的意见并照办了……我提出的所有改动意见都是大幅度的，多半是进行删节。我说，你何不把它只浓缩成两三趟旅行，让内容保持同样的情绪基调。

当小说最终于1957年9月5日正式出版时，它成为纽约的热点话题——在文学范围内，纽约的热点话题自然也是美国的热点话题，撞上了一个千载难逢的大运。一向扮演纽

---

[1] 格雷戈里·科索（1930—2001），美国诗人，"垮掉的一代"的重要人物之一。

约所思所感的记录者与仲裁者双重角色的《纽约时报》，发表了吉尔伯特·米尔斯坦的一篇满是溢美之词的评论。他认为，《在路上》是一部"不折不扣的艺术佳品"，该书的面世标志着一个"历史重大事件"：

> 事实就是，《在路上》写得太美了。它是凯鲁亚克本人几年前命名的"垮掉的一代"所发出的最明白无误、最重要的声音。而他本人则是这代人的化身。当年，《太阳照常升起》曾超越20年代所有其他小说，成为"迷惘的一代"的宣言书，今日，《在路上》肯定将成为"垮掉的一代"的宣言书。

一时间，所有人都蜂拥而去，争相购买这本书。几乎没有谁会稍作停留，问一个显而易见的问题：吉尔伯特·米尔斯坦这厮到底是什么人？《纽约时报》书评的常规撰稿人，奥维尔·普瑞斯科特向来文风保守，说起话来不给人面子，正常情况下是不会给这样一本书写书评的。巧的是，他当时正好在度假。等他度完假返回报社时，气得脸色铁青。自此以后，米尔斯坦再也没有在《纽约时报》上发表过半篇文章。

米尔斯坦的评论确保《在路上》会吸人眼球，这正是纽约这地方迫切想要的东西——有曝光率就行，倒不一定非要受人尊敬赞扬。一场针锋相对的争论开始了。杜鲁门·卡波特对此书有句广为流传的精彩点评,称它是"打字,算不上是写作"。约翰·厄普代克模仿书中的文风,在《纽约客》上撰文奚落它。诺曼·梅勒在《自卖自夸》中形容凯鲁亚克"甜腻肉麻仿佛棒棒糖""自命不凡仿佛口袋殷实的妓女"。后来,他对自己这番话深感懊悔,将自己当初的吹毛求疵归咎于作家对于某种新生事物出现时的尴尬不安心态:"我当初读它时,心一直往下沉。我们当年相互较劲得厉害。我在想,哦,狗屎,都被这家伙抢了风头。他在大庭广众之下,享受着万千宠爱,我呢,只不过一介书生,在为它写几句话。"

其实,这都无关紧要:如果你能叫杜鲁门·卡波特、约翰·厄普代克和诺曼·梅勒这些人围着你争论不休,你就已经达到目的了。该书出版后不过两周就重印了一次,且差不多立马就印刷了第三次。短短 5 周时间,它就蹿上了《纽约时报》畅销书榜。凯鲁亚克要大大感谢那位名不见经传的米尔斯坦,后来,米尔斯坦本人回忆说:"他对我也是坦诚相待。他伸出胳膊搂着我说:'这位是吉尔伯特·米尔斯坦——是他造就了我。'"

恰恰由于《纽约时报》上那篇独一无二的书评,美国人听说了"垮掉的一代",凯鲁亚克被看作它的代言人。可他本人痛恨这个头衔。他写道:"那些好心人的良苦用心把我毁了……他们完全没有概念，他们在数量上远超过孤身一人的我，他们的热情和邮件堆积如山，与此同时还有更多的请求从四面八方源源不断地涌来，其中甚至有女孩子写来长达万言的信件，还试图用江湖黑话风格来写呢。"

显然，这位长相英俊、风流倜傥的凯鲁亚克原本是家中有女儿的父母不得不提防的对象，而他当时正恰逢其时地受到公开谴责。《时代》杂志一向是美国中产阶级的喉舌，它指摘该书是享乐主义的，是堕落颓废的，抨击它忽视社会习俗和伦理规范，为其中"狄俄尼索斯[1]式的狂欢饮宴"感到恶心。文章得出结论说，《在路上》是危险与包藏祸心的，有颠覆倾向。可是遍及全美的聪明伶俐的年轻人都扑上去大快朵颐，发现它内里不仅仅有一系列令人耳目一新的诱惑，而且有积极而纯洁的东西。如同凯鲁亚克后来形容的那样，它是"一幅画，描绘的是几个心地善良的青年人因为灵魂受苦、深陷绝望而做了几件桀骜不驯的事情"。

20世纪50年代的文学，相比于表面上更具颠覆色彩的60年代而言，要激进得多。《麦田里的守望者》(1951)、《嚎叫》(1955)、《裸体午餐》(1955)、《在路上》(1957)，这些

---

[1] 狄俄尼索斯是古希腊神话中的酒神，而古希腊人对酒神的祭祀是一种狂欢式的秘密仪式。

作品各自划定疆域，展现叛逆的情感，深深震撼着战后和平时期的一代美国人，让他们不要再心甘情愿地满足于拥有一幢崭新的大同小异的房屋，一份舒适的工作，一辆漂亮入时的汽车，一位出得厅堂入得厨房的配偶和一群听话的孩子。

20世纪50年代的男性作家们过着一种几乎无法复制的生活，对此，一个嘴巴被上了封条的一代年轻人尚未准备好接受。相反，60年代的文学——大家会想到肯·凯西、冯内古特、汤姆·沃尔夫——邀请年轻人走出来，加入他们的行列中去，一起开心。一切都为你而设——你想变成谁就变成谁，只要你敞开胸怀，随时随地在自我与他人之间自由往来。

然而，"垮掉的一代"的世界没有那么舒适，其中有更多的异域情调，有更多的危险，驻扎着精神病人、瘾君子、同性恋者、罪犯：他们中的许多人聪明得一塌糊涂，理也不理别人怎么想。他们不是嬉皮士，只是充当一种崭新的风尚和文化的消费者。你不要以为单单蓄起长发，换上几套衣装，学会几种轻松易懂的新花样就行了。他们的世界里没有潮流套路，没有固定规则，没有供人模仿的样板。

当艾伦·金斯堡声称，他见到自己这代人中最富才智的灵魂被摧毁之时，他所指的并不是在哥伦比亚大学里教导过他的立场坚定、无法撼动的大学教授们——莱昂内尔·特里林或雅克·巴赞之流。相反，他心里所想的，比如说，是卡尔·所罗门，他在精神病院里遇见的人；是给人突出印象的，像是出自俄国小说中的人物、吸食海洛因上瘾的威廉·巴勒斯；是尼尔·卡萨迪，旧金山那位发疯的壮志未酬的诗人。杰克·凯鲁亚克恰恰立于这个畸形群体的枢纽上，正是在《在路上》之中，他们中的许多人成为神灵受到膜拜。今天，这本小说每年要卖出约12.5万本，总销量正逼近400万册。

因此，当那120英尺长的手稿要在2001年5月22日的拍卖会上拍卖时，佳士得拍卖行下决心，一定要闹个沸沸扬扬。毕竟，20世纪文学手稿在拍卖中一向表现得不尽如人意。我想不出有哪位在世作家的单部手稿能够卖出10万英镑的高价，20世纪作家手稿的拍卖纪录是卡夫卡的《审判》，高达100万英镑。（在我看来，这还是便宜的：因为那笔钱连一幅贾斯伯·琼斯的劣作也买不到。）于是，佳士得拍卖行的宣传机器铆足了劲开动起来：各大报纸杂志帮助网罗锁定潜在的买家，电台、电视轮番报道拍卖会现场消息。最终的买家以243万美元成交，买家是一个叫詹姆斯·厄赛的人——藏书界对他一无所知，但他是美式橄榄球印第安纳波利斯小马队的老板，那可是个名头不小的人物。（无巧不成书，凯鲁亚克曾是一位颇有天赋的橄榄球手，曾是哥伦比亚大学队的球员，后来他主动放弃了球员生涯。至于原因，教练说是凯鲁亚克有些厌倦了。）厄赛计划带着那卷手稿，开车环游美国,把《在路上》重新演绎一回。对于他的购买行动,他十分谦和地表示,价格在他看来十分公道合理。"我把自己的举动看作一次保管行为。我不认为有谁能真正拥有一件东西。在这个世界上,一切终将归于尘土。"

既然这样,大家就只能寄希望于他正把那份纤弱的手稿置于精心调控的恒温恒湿的博物馆中小心照料,以免他这些话一语成谶,令手稿比他料想的要早上许多年就归于了尘土。

Ulysses
James Joyce

《尤利西斯》

丹尼斯·西尔弗曼，一个赌徒，一个老饕兼美食家，是一个体重190多千克、肚大腰圆的大块头，言语腔调仿佛达蒙·鲁尼恩[1]笔下沿街叫卖的小贩，然而他的脾性却温和可亲。他曾掌管纽约市卡车司机联合会一个地方分会属下的一笔退休基金，所以上衣胸前那些硕大的口袋总鼓鼓囊囊地塞着大卷大卷的百元美钞，而且他花起来也很大方。后来他终

---

[1] 达蒙·鲁尼恩（1880—1946），美国记者，短篇小说作家，善于描写纽约大都市环境里个性鲜明的底层人物。

于因诈骗罪被起诉，但是时他已病入膏肓，无法出庭接受审判，并于1995年死于佛罗里达。他生前收藏的詹姆斯·乔伊斯著作是同辈中无与伦比的精品。

他对珍本书展有个误解，总认为参加展会的人都是些彬彬有礼的饱学之士，令他感到有些不自在。于是，他总倾向于快速而谨慎地出手，花它个数十万美元之后，就找上一名合意的生意人做伴共进晚餐。有一年——那是20世纪80年代末的某个时候——他碰巧找到了我。我们对着一张八仙桌（大得足够摆满他想要一举歼灭的那一大堆北京烤鸭），一边美美地享用中式美味，一边听他骄傲地介绍自己的收藏。

"我手头上有些好东西呢。我有一本《一个青年艺术家的画像》，是乔伊斯签名送给哈里特·韦弗的，一本《都柏林人》，是乔伊斯签名送给他丈母娘的，还有一本送给玛格丽特·安德森[1]的《尤利西斯》……"

今天，这些可都是重量级的珍本书，我还没有傻到底，会认为丹尼斯不懂得赏玩这些书。他可是个聪明人，能把书籍市场玩得团团转，并且只买那些最顶尖的货品。当然，他对书中的内容是否也足够了解则是另一个截然不同的问题。

---

[1] 玛格丽特·安德森（1886—1973），美国文学与艺术杂志《小评论》(*The Little Review*)的创办人、编辑和出版人。杂志因发表埃兹拉·庞德、T.S.艾略特、乔伊斯等著名现代文学家的作品而著称。

"可是丹尼斯,"我问道,"你读过这些书吗?"

他一下子怔住了。"我读过《都柏林人》!"他掷地有声地说。

"你觉得它怎么样?"

他听我问出这样一个傻乎乎的问题,颇感失望。

"杰作一部!"他说,"我还读过《一个青年艺术家的画像》呢!"

"怎么样?"

"你啥意思?当然妙极了!"

显然,这家伙可不好糊弄。

"你觉得《尤利西斯》怎么样?"我问。

"我正读第四章哩。"他说,脸上有些不自在。

"什么感觉?"

"我不喜欢那些啰里啰唆的烦琐细节!"

虽然我把那本书读了许多遍,也十分钦佩它,但我不得不说,对此我也有同感。套用约翰逊博士在另外一个场景下说的话就是:"没有人曾希望这部书应比现在更长。"自从1922年出版以来,学术界和阐释家那些神圣王国中人都一致赞赏《尤利西斯》,却鲜见有人真正喜欢它。它是举世公认的20世纪文学经典,但它也恰恰提醒我们,"经典"一类书籍又是多么令人难说"满意"二字呀。

"啊，丹尼斯，"我同情地说，"可它全都是啰里啰唆的细节呢。"

"就是啊，"他沮丧地说，"你还想不想再吃些鸭子？"

丹尼斯是在1986年举办的已故的詹姆斯·吉尔瓦里藏书售卖会上买下那本《尤利西斯》的，花了他3.5万美元。在那时，那是个大价码，但要知道，那个本子不仅是乔伊斯签过名的100本中的一本，而且还有他的赠礼题词。像这样既有签名又有赠词的本子，据我所知，在私人手上的只还有一本。

像乔伊斯的所有作品一样，《尤利西斯》也有过漫长的酝酿构思过程。最初的萌芽产生于1906年，当时，乔伊斯告诉他弟弟斯丹尼斯拉斯，他正在构思一个短篇，事关一个犹太裔都柏林人（显然他就是后来《尤利西斯》的主角利奥波德·布卢姆）和他不忠的妻子。小说原本打算编入短篇小说集《都柏林人》（1914）里面出版的，但他却一直没有写完。

同一年，乔伊斯真正开始动笔写《尤利西斯》。当初的念头既简单又复杂得不得了：它讲述的是利奥波德·布卢姆一生中某一天发生的形形色色的故事。这个商业推销员，在1904年6月16日这一天，在都柏林街头四处游走溜达，这些经历与另外一位英雄，即希腊英雄奥德修斯的流浪过程相对应。这种方法（后来被形容为"意识流"，这个术语一定程度上属于误导）可以让读者毫无约束地、明显不加阻碍地进入主人公时时刻刻的心理波动，同时也进入斯蒂芬·迪达勒斯（我们初次见到他是在1916年的小说《一个青年艺术家的画像》中）和布鲁姆的妻子摩莉的心中。

乔伊斯心里清楚，这本书从萌芽伊始就具有百科全书的风格，显得雄心勃勃，必定会花去数年才能完成："要我迅速写就那些章节是不可能的。所需的各种元素必须经过漫长的交相融合才能融会成一体。我承认，这是一本令人心力交瘁的书，但也是我目前唯一能写的书。"就在静待那些章章节节的故事融合的过程中，乔伊斯不仅要写作，也要吃喝，而且尽管他的保护人都对他十分慷慨，他还是免不了不时地会为衣食犯愁。他视生活优渥为当然之权利，所以保护人给的钱越多，他花得就越多。

解决方案在埃兹拉·庞德这里。他对乔伊斯的热情以及作为编辑和企业家的能量与才干，和他给予艾略特、海明威的一样多。庞德建议他把全书的那些章节——叫作"插曲"，并依照荷马史诗的对应章节命了名——寄给一些规模不大的现代主义风格的杂志去发表。这些杂志通常都由其投资人独立运营，其中有一些出手大方得惊人。

此前，乔伊斯的两部作品都曾在审查官和反对者的手中栽了跟头。因此，如果他的这部大作想要见着天日，只有借助于私人渠道，由私人资助，并代为出版发行。这两方面他都只能依赖于女出版商，她们既对他青睐有加，又能做好各种准备，承担发行这样一本充满争议而直白坦率之书所带来的后果。当时，聪颖有学识的女子对书中所谓情色内容的反感并不如人们料想的那样剧烈（今天亦是如此）。要不是玛格丽特·安德森、哈里特·韦弗和西尔维娅·毕奇的相继支持，《尤利西斯》很可能无法出版，或者至少可以说，它的出版很可能会因此推迟许多年。

1918年3月，庞德将小说的一节寄给了《小评论》杂志的玛格丽特·安德森和简·希普。安德森当即着了魔："这是我们有生以来见到的最美丽的作品。我们哪怕是拼了老命也要把它印出来。"接下来的几年，《尤利西斯》在该杂志上一节接一节地不间断发表。但1920年1月，刊有《库克罗普斯》（Cyclops）的那一期杂志被美国海关以内容淫秽为名查扣。接下来几个月时间里，安德森小姐竟然无视审查官们的阻挠，发表了《尤利西斯》后续几节的内容。

1921年2月，在该杂志因《尤利西斯》受审的过程中，法官建议安德森小姐回避，因为要当庭宣读那些被认为内容淫秽的片段。法官潇洒英武地说："我敢断定，她本人并不知晓她印刷出版的东西的重要性。"无论那口气多么令人不敢恭维，但他的话还是有几分正确的。她当然读过自己印行的作品，但是她怎么能判定其内容在法律上是否涉嫌淫秽呢？她曾就此征询过自己的律师、藏书家约翰·奎因的意见。对方坦称，即使他是律师，行事格外小心谨慎，但也不清楚这回事，不过他也建议她今后不要再登载。（他本人后来以5000美元，折合2700英镑的价格从乔伊斯手中买下了那本书的手稿。）

几乎与此同时，另一位同样不信邪的女出版家哈里特·韦弗同意以50英镑的价格买下该书的发行权，在她伦敦的杂志《自我主义者》(*The Egoist*)上发表，并希望他日能以完整形式出版该书的单行本。之前在1917年，她曾出版了《一个青年艺术家的画像》，如今她甚至令人难以置信地想以《一个艺术家的画像》为名出版乔伊斯的这部新作。尽管《自我主义者》发表过《尤利西斯》的5个章节，但韦弗小姐却找不到一个印刷商乐意承印整本书。印刷商和出版社全都避之唯恐不及：美国的休比什出版社、伯尼与利福莱特出版社，英国的霍加斯出版社全都回绝了。（弗吉尼亚·伍尔夫曾估计，一名专业排字师傅可能要用两年时间才能排完整本书。）

《尤利西斯》当初在写作过程中即在圈内外广为流传，所以，早在它以单行本出版以前，就已经吸引了一大批国际精英读者的关注。这简直就是人未动、声先至的绝佳范例。乔伊斯同代人对此的反应显示，即将面世的小说仿佛是一块试金石，专门用来测试并揭露每个人的本性，且听听他们各自的说法：

格特鲁德·斯泰因:"是谁抢先到达的,格特鲁德·斯泰因,还是詹姆斯·乔伊斯?"

欧内斯特·海明威:"乔伊斯写了一本真他妈了不起的书。"

T.S.艾略特:"为我个人着想的话,我真希望我不曾读过这本书。"

弗吉尼亚·伍尔夫:"是一本自学成才的工人所写的书……像一个大学生用手抠着满脸令人恶心的青春痘。"

埃兹拉·庞德:"好啊,乔伊斯先生,依我看,你可真是个了不起的优秀作家,这就是我的全部看法……这一点你可要相信我,我可是个老法师。"

乔伊斯点燃了一支火炬,照亮了先前封闭的内心世界。如此这般,他也让他的读者们直面自己的内心世界。在现代文学的世界里,《尤利西斯》是被议论得最多的一本著作。却始终不见它出版面世。

就在这紧要关头,西尔维娅·毕奇出现了。她是一位行事谨慎但雄心勃勃的年轻美国人,在巴黎左岸开了一家"莎士比亚书店"。毕奇小姐此前从未出版过书,对出版这档子事所知甚少。她真心实意地问乔伊斯:"你愿意让莎士比亚书店得幸沾荣,出版你的《尤利西斯》吗?"乔伊斯十分乐意,旋即谈妥交易，只是他要求利润的66%归他。毕奇小姐的生意伙伴阿德里亚娜·莫里耶介绍她去找第戎的印刷商达朗蒂埃，说他是做这件事的最佳人选，部分原因在于他不懂英语（当然这也正是其最不便之处）。

达朗蒂埃的忍耐力，还有毕奇小姐的钱袋子，都被乔伊斯的写作方式折磨到了极限，因为他写起来不急不忙，像一座冰川似的笃悠悠地生长着。他就像不愿把小说写完似的，总是修改个没完。随着乔伊斯的增添、修补、更订，《尤利西斯》现在的规模已经比当初校对稿增加了1/3。达朗蒂埃把排好的字模拆掉重排了一遍，总是无法准确排出乔伊斯那密密麻麻的手写稿。毕奇小姐感到忧心忡忡，却还是不断往里面投钱。1922年2月2日，亦即乔伊斯生日这一天，《尤利西斯》的头两册书从第戎运抵巴黎火车北站，毕奇小姐亲自前往车站迎候，并把书送到乔伊斯的寓所。这真是文学史上一个值得纪念的日子。据说，乔伊斯当场题签了一本送给妻子诺拉，不久后她就把它卖给了约翰·奎因。但是，鉴于迄今从未有人见过这个本子，这段传闻或许只是想当然的虚构。

又过了好几个星期，后续的书全部印完送来，毕奇小姐终于可以把它们摆出来销售了。有一些已经被提前预订了，剩下的卖起来很快，即便其价格在当时来讲是偏高的。那750本普通版，用靛蓝色封面包装，售价是150法郎。另有150

本针对法国人口味的"疏朗开阔"版,用直纹版画纸印制,每册售价250法郎。这当中的上上品要数乔伊斯签名销售的那100本,售价350法郎。丹尼斯·西尔弗曼手上那一册(编号第3号)是乔伊斯签名赠送给勇敢的玛格丽特·安德森的本子。

《尤利西斯》出版不久就在英美两国全面被禁,但书还在继续卖。第二版的2000册书,由自我主义者出版社印行,于1922年稍晚一些时间出版,定价2基尼。这令毕奇小姐大为光火。韦弗小姐显然是想在价格上与莎士比亚书店唱对台戏,认为她有权利发行自己的版本,用的是同样的字模,装帧也大同小异(只是开本大小稍有不同而已)。发行这一廉价版本的决定是经过乔伊斯本人同意的,但西尔维娅觉得自己被出卖了。她为出版这本书花了大把的钱,而那些销售她的书的书商们货架上还摆着它呢,却发现这么快就有一个更便宜的版本上市了,都十分惊诧。乔伊斯与毕奇小姐因此事结下了怨仇,关系终生也没有修复。

1923年,自我主义者出版社还印刷了第三版,共500本,但当即被英国海关扣押没收,在福克斯通予以销毁。虽然据说共销毁了499本,但我等藏书人曾经见过三本——一本是原装的,另两本被重新装订过——而且还听说过另外三本的下落。

接下来的10年里,《尤利西斯》不得不通过走私手段进入英美两国，直到它最终被美国海关截获。1933年，小说因涉嫌淫秽受到指控，美国地方法院法官约翰·M.伍尔希负责审理。法官对小说创作意图和手段技巧的理解十分睿智，他做出判决说，无论小说的性爱描写多么直白露骨，但他怎么也看不出它有什么地方"不怀好意地逗人色欲"。他判定，阅读《尤利西斯》对美国人来说是安全的；此言证明他真是高瞻远瞩且英明伟大。但有些奇怪的是，他的辩词是："《尤利西斯》一书中有许多地方读来令人有些恶心，但无论如何都不具备催情的意图。因此，准许《尤利西斯》在美国发行。"他的这番话从法律角度看就是，读这本小说可能会使你作呕，但它绝不会让你兴奋勃起，所以就没什么大不了。（自那以后，这项标准也成为美国对电视和电影内容进行审查的标准。）

我不知道丹尼斯·西尔弗曼是否读完了小说《尤利西斯》，如果他读完了全本小说，究竟是让他感到恶心不适还是性感撩人也无从得知。但那本书肯定让他发了大财：当他1991年出手卖掉那本书时，潇洒地净赚了10万美元。不过为丹尼斯着想，我还是十分高兴，因为他没能活到2002年佳士得拍卖行举行的罗杰·雷奇勒藏书拍卖会，会上有《尤利西斯》第二版时小规模印刷的100本当中的一本（而且是由乔伊斯签名送给不为人知的亨利·凯泽），卖出约46万美元的高价。这也创造了当时20世纪文学作品拍卖的最高纪录。

也该当如此。它确实是 20 世纪最伟大的一本书。

乔伊斯一路见证了《尤利西斯》的成长,对它的各个方面与值得期待的一切都了如指掌,但从它出版面世的那一刻起,他就开始担忧由于读者大众的普遍热捧会令小说本身黯然失色。这会造成小说受赞扬却无人愿读的局面——西尔弗曼的那一本就是它被奉为神灵境况的典型。当乔伊斯的忠实追随者斯图亚特·吉尔伯特把最初评论的剪报呈给他,虽然其内容谈不上是一片颂赞,但都清一色地惊叹有加,乔伊斯见了似乎有些失望。他酸楚地问:"难道没有人觉得这书很有趣?"答案是:没有,一个也没有。尽管乔伊斯本人认为《尤利西斯》是神智正常的,充满生机与活力的,但它绝不是那样的经典之作,不是让人不读就觉得有点儿羞愧的那类书,比如说《项狄传》《堂吉诃德》《哈克贝利·费恩历险记》等。它令乔伊斯声名卓著,可以肯定的是,它也造就了后世把图书馆挤得满满当当的一大批学者、编辑和孜孜不倦的读者。但丹尼斯·西尔弗曼是对的,虽然那口气是稀松平常的:《尤利西斯》让你精疲力竭呢。我拥有(珍藏着)首版《尤利西斯》750 册当中的一册,上面有乔伊斯的签名。只要我一天不去翻开来读,它的品相就会一直完好地保存下去。都活了这么大年纪了,我能一直看紧不去碰它,可真是我人生的一大快事。

Sons and Lovers
D.H. Lawrence

《儿子与情人》

　　丹尼斯·惠特利[1]是个惊悚小说作家，撒旦信徒，受虐狂，一个索然无味之人。此外，有点儿让人跌破眼镜的是，他还是个首版书收藏家。1979年，布莱克威尔出版社为他出版的藏书目录共列出了2274件商品，其中包括许多作家本人的研究资料，许多书上都有惠特利用铅笔写下的趾高气扬的笔记，如"我在写作《魔鬼打了两个嗝》[2]时用过"，以及诸如此

---

[1] 丹尼斯·惠特利（1897—1977），英国著名畅销书作家。
[2]《魔鬼打了两个嗝》(*The Devil Burps Twice*)，并非真的是惠特利的作品，而是本文作者依照惠特利一贯的标题风格胡诌出来的。

类心浮气躁的字句。

然而，目录中有几件精品在目录发行前就已经售出。我十分幸运，买到了其中的上上品：D.H. 劳伦斯《儿子与情人》的首版本，还带有护封。那护封本身并不怎么样，而且正面还缺了个角。那本书花掉我 400 英镑，算很贵了，可我当时正是一个饥不择食的藏书商，并且，它立马就成为我那并不十分出色的劳伦斯藏品中的明珠。虽然当时就有人对我说，那种护封还有几个，但我从没有见到过。现代图书交易中最奇怪的事之一就是：一本书的护封价值是书籍本身的 10 倍之多——有时还会更高。书要是缺了护封就被认为是残缺不全的，就好像 18 世纪的奇彭代尔椅子缺了腿似的，这真有点儿荒唐。虽然这护封上确实有一个被认为是出自劳伦斯本人之手的"短启"，但那护封根本没有什么特别吸引人的地方。护封正面写道：

> D.H. 劳伦斯先生的小说新作内容涵盖甚广：包括煤矿、农场、工场区的各种生活。小说主要描写两代人在生活观念上的对立。书名《儿子与情人》透露的是一个年轻人的母亲与他的心上人因争宠夺爱而导致的冲突。

这段护封文字内涵丰富，暗藏不少玄机，因为《儿子与情人》在英国文学史上享有双重重要地位：它是最早运用心理分析作为结构原则的小说之一，还是第一部描绘工人阶级生活的伟大小说，而且一定程度上，其作者就是该阶级出身。

劳伦斯1885年出生，是诺丁汉一个煤矿工人的儿子，这个煤矿工人娶了一个家庭背景与生活期望都带点儿小资色彩的女子为妻。早熟的小劳伦斯自幼浸润于文学之中，博览群书，如饥似渴。因此，把他当作异想天开、自学成才的人是个误解。实际上，伊斯特伍德当地文风很盛，劳伦斯自小接受了高质量的教育，并最终于1906年，以入学考试第一名的成绩考入诺丁汉大学学院。

以优等成绩毕业后，劳伦斯离开了诺丁汉，到克罗伊登教书，度过了几年颇不开心的时光。1911年，他发表小说《白孔雀》，接着1912年出版了《逾矩者》，两部小说都颇受欢迎，却没有为他带来足够的收入以维持生计。第一本书的预付款是50英镑，这事情传到他父亲那里，老劳伦斯难以置信，说："你这小子这辈子还没做过一天事情呢！"1912年3月，劳伦斯回伊斯特伍德小住了一阵，顺道拜访了自己大学时代最喜欢的教授欧内斯特·维克利。教授娶了一位年轻貌美的娇妻弗瑞达·冯·里希特霍芬。6周后，劳伦斯和弗瑞达一起私奔到欧洲大陆。她抛下了几名幼子，他则随身携带着未完成的《儿子与情人》的书稿。

这本书他写写停停，一直未能完成。这部小说原本要讲述劳伦斯本人走向成年的故事，但是他的成长和小说的发展都很不顺利。他发现，青少年时期的自己被母亲那暴烈的人生期许与初恋女友杰西·钱伯斯那势在必得的追求所裹挟，而杰西曾经帮助他完成了小说的最初底稿。他终于认识到，只要母亲还活着，他就一日也别想有真正自由的爱情。他的人生被她征用了。

仿佛是无意之间对此表示认可似的，母亲莉迪亚·劳伦斯在1911年去世了。这样劳伦斯就可以从事自己的小说创作了。可是，由于母亲的去世令他如此恐惧，给予他如此沉重的打击，他整个人仿佛瘫痪了一般，创作反而没有半点儿进展。直到弗瑞达闯进他的生活，他才有可能完成它，尽管他母亲依然阴魂不散，萦绕其间。可怜的杰西·钱伯斯在阅读书稿后惊骇不已，确信劳伦斯在接受他母亲的观点后，不但背叛了他们之间的恋情，而且还背叛了他自己。许多年之后，劳伦斯才承认说：他过去一直认为母亲是正确的，但是他渐渐认识到，他只不过是和母亲串通一气，驱逐了父亲。

他认识到，《保罗·莫雷尔》（这是小说的原名）是他写过的最杰出的作品。"我告诉过你，它来自——来自……还不是我耐心打磨，呕心沥血才……去读我的小说吧。它是一部伟大的小说。如果你看不出其中的发展——发展得很慢，就像人长大一样——那么我能。"

这封信写于1912年11月,是寄给爱德华·加尼特的。之前的1911年,劳伦斯经由福特·马多克斯·福特的介绍认识了他。加尼特本身是小说家,也充当一些出版社的审稿人,而且他干审稿人这行比当小说家更出色。尽管福特说得十分动听,他有把握,但事实上劳伦斯还是十分担忧自己书稿的命运,因为它刚刚被他前两部小说的出版商海涅曼出版社给拒绝了。海涅曼先生("愿他的名字遗臭万年")认为这部小说达不到出版要求:

> 我感觉这本书不怎么样……我担心,它的畅所欲言、口无遮拦使得它不适合在当前世态下的英国出版。图书馆的暴政是如此明显,即使是比这更加含蓄的书也肯定会噩运当头……

不久后,劳伦斯就向加尼特坦白,他对这样的回应感到有点儿失望。毕竟他对自己肩负的使命很有些激情满怀:

> 为什么,为什么我生来是个英国人!这些该死的、贱骨头的、菩萨心肠的同胞,为什么要让我与他们为伍!十字架上的基督一定也非常恨自己的同胞……诅咒

这群天打雷轰的家伙，一个个都是软骨的猪猡，卑鄙龌龊，肚皮贴地蠕动的虫豸，可怜巴巴、死皮赖脸的下流坯，欲火难耐的相公，哭哭啼啼、涎水直流、哆哆嗦嗦，身上连一点儿活人气都见不到——今日英国全是这等货色……天哪，我恨死他们了！愿上帝惩罚他们——这帮懦夫！让雷把他们都劈死，这帮窝囊废！把他们彻底根除掉，这帮恶心鬼！

和这些话相比，是不是康拉德笔下的库尔茨先生算得上是个温顺恭敬的人？痛快淋漓地大骂一通之后，劳伦斯的火气立即被加尼特给平息了——加尼特答应帮他把书稿编辑成形并组织出版。

劳伦斯当时正住在意大利的加尔加诺，一边陶醉于弗瑞达的臂弯，一边开始动笔写作一连串爱情诗，它们于1916年以《看！我们挺过来了》（*Look! We have Come Through!*）为书名出版。（这个书名引得爱在鸡蛋里挑骨头的伯特兰·罗素说，他们可能是挺过来了，但是搞不懂何必非要我们都朝他们看不可。）

甚至弗瑞达有时也发现劳伦斯写作进展有些不顺、烦躁不安。是她帮助他完成了《儿子与情人》的最后一稿：

我为那本书吃够了苦头，每每写出一点点，他就会问我："那你觉得我妈妈会怎么想？"我不得不费尽心机，把自己融入米亚姆以及其他角色当中去。当他写到母亲去世那一段时，他因为悲伤而情绪低落，而他的悲伤也令我跟着情绪低落……到《儿子与情人》快要完工的时候，我觉得已经受够了，再也受不了这种"阿特柔斯家族"式的气氛，于是我写了一段滑稽小品，名叫《保罗·莫雷尔，又名妈妈的心上人》(*Paul Morel, or his Mother's Darling*)。他读了以后冷冷地说："这种东西可不是滑稽小品。"

无论劳伦斯多么不喜欢被开玩笑，他还是在弗瑞达（后来是加尼特）身上看出她是一个完美的人选，能为他完成小说提供支持、鼓励，倾注深情与厚爱。加尼特把书稿删除了大约1/10，大大提升了书稿的质量。"你删减得非常好，"劳伦斯坦承，"我希望你能长命百岁，以便在我的所有书出版之前都帮我修剪修剪。"

最终出版的小说是个大杂烩，既有完美无缺的翔实描写，也有大而无当的以偏概全，非常接近劳伦斯的小说风格。书中对于莫雷尔家庭生活的逐日描写细腻准确，完全令人信服。当劳伦斯的眼睛盯住某一个物体时，他写起来十分在行，可一旦他抬起头来沉思，进行概括，他的文风就会变得死气沉沉、矫揉造作。且看下面这段描写保罗·莫雷尔左右为难的文字：

> 他环顾四周。有许多他认识的善良友好之人都像他一样，被自己的童贞观念牢牢束缚着，怎么也无法挣脱。他们对女性非常敏感，以至于宁愿一辈子没有女人，也不会让她们受到丝毫伤害，遭受半点委屈。由于她们的丈夫曾经非常粗暴而鲁莽地糟蹋她们的圣洁，作为她们的儿子，他们自己也变得怯懦而害羞。因为，所有女人都像是他们的母亲，他们对母亲充满了敬慕之情。

这段文字在声嘶力竭地呼喊着要求被人引用。我敢打赌，随便找一本被人翻看过的平装本《儿子与情人》，这一段下面一定被画了道道。劳伦斯偏离自己擅长的主题越远，他就越不可能写得成功，而一个大学生也就越有可能在那些文字下面画线。在《儿子与情人》里，再没有哪位是像保罗那样的"善良友好之人"。或许在别的地方有那么几个，但在这本书里是肯定找不到的。保罗可是只此一人啊。正因为他是个"善良友好之人"，《儿子与情人》才成为一本天才之作。

1913年，当小说由达克沃斯出版社出版时，立刻引来普遍的叫好声，尽管人们也对劳伦斯的主题感到一丝丝的担忧。《星期六评论》的短评十分典型，话也说得含糊其词："当今，还没有哪位英国小说家能像劳伦斯先生那样激荡文字,抒写出跌宕起伏的情感世界。"在约翰·米德尔顿·穆雷看来,劳伦斯是当今年轻一代小说家中的翘楚,"绝对称得上是明日之星。而他的小说,自然是最杰出的评论家们成功的基石。"

劳伦斯对自己受到的关注十分高兴,但是,既然这部作品已经完成了,那么他就迅即转入下一部作品的写作。一部作品在它送往出版社之时就已经大功告成了——把它最终付诸书页只是一道内部手续而已。但是就《儿子与情人》来说,作者还有最后一项任务要完成,虽然它不完全适合他:加尼特请求劳伦斯自己动手设计一个护封。劳伦斯有点儿不知所措。在那时,谁也不把书籍的护封当一回事,护封只是实用性的、用来防止灰尘的东西,通常不会配上图画,而且在书店里也往往会被店员随手扔掉。(当然,也正因为这个缘故,1919年以前书籍上的护封是非常罕见的,因而带护封的本子也是非常昂贵的。)

从出版社给劳伦斯的这项指示看,很显然,他们把这当作一个卖点——这部小说描绘了工人阶级的生活内幕。(作者不仅能写书,还能设计书籍的护封!)他们问他,能否绘制出煤矿生活的场景?劳伦斯一听就发火了,他指出,他眼下正生活在意大利的湖边,"方圆数英里之内没有什么煤矿",况且,就凭他的艺术造诣怎么也不能胜任这样一项任务。他试了试，还是不成，于是他把这桩差事交给自己的朋友欧内斯特·柯林斯，柯林斯也没能成功。达克沃斯出版社不知怎么搞的，愣是没能找到一位会画煤矿的插图画家，最终只能印制出一个纯文字的护封，正面排印了劳伦斯操刀的内容简介。

如此一来，《儿子与情人》一书的护封，因为印有作者本人撰写的小说内容摘要而身价倍增，成为被顶礼膜拜的圣物。当然，它也拥有足够的物质价值。一本品相上佳、不带护封的《儿子与情人》，今天大概值1000英镑。在1979年丹尼斯·惠特利的那本（后来成为我的财物）之后，市面上再没有出现过带护封的本子。究竟带护封的书价值几何今天很难猜测，不过，由于带护封的首版《了不起的盖茨比》和《太阳照常升起》都突破了5万英镑大关，带护封的《儿子与情人》不可能会少到哪里去。

劳伦斯要是知道这种情况的话肯定会既惊又喜。他对什么首版不首版一概不感兴趣，而且一旦自己的书出版后，他也绝不再读第二遍。当年，他用《儿子与情人》的手稿从自己的朋友兼恩主梅布尔·道奇·卢汉处换来一个位于新墨西哥州的农庄。后来，梅布尔又用手稿支付了自己心理分析师的费用。劳伦斯在这桩交易中很可能充了冤大头，因为就在进行交易的1924年，那部手稿已经价值不菲，而那个农庄却相当贫瘠。但劳伦斯完全没有把这些放在心上。

劳伦斯在他的散文《书之孽》中明白无误地表示："书对我来讲是不可或缺的东西，是来自天上的话语……我何必在乎它是首版还是最新版？我从不看自己已经出版的书。对我来说，没有哪本书有出版日期，也没有哪本书是装订成册的。"在为1924年出版的《劳伦斯著作书目》撰写的前言中，他为自己的态度找到了恰当的比喻："对于每个与自己冥冥中的灵魂纠缠挣扎的人来说，一本书就仿佛花儿一样，绽放、结果，然后消逝。第1版也好，第41版也罢，都只是果实外面的壳而已。"

作为一个专事这类果壳买卖的生意人，这番话真让我无地自容。重要的只是书的内容，外在之物不过是一时一地的东西罢了。对一位投身于书中世界的读者来说，他读的是第几版有什么区别呢？但我还是企望能够找回那本带护封的《儿子与情人》。呜呼，我在我1982年出的第一份待售书目里把它列进去卖掉了，价格是1850英镑。这情形现在回想起来直让我后悔不已。首先，我真该留着那该死的东西，不要卖掉（这是所有书商都会有的懊悔）；第二且更重要的是，我当时过分重视它的罕有度，以至于在我的待售书目上加了一行字："带护封！"回想起来，这些大写字体情有可原，但那个感叹号则确属多余。只有那些爱在"i"上加个心形符号、画个小小笑脸的人才喜欢动不动就用感叹号。自那以来的22年间，我再没有在待售书目上用过感叹号。假如传说中那个勇敢的斯巴达小男孩能够无动于衷地看着狐狸大嚼特嚼自己的内脏，丝毫不感到大惊小怪，那么，我敢说，我也能做到。

The Catcher in the Rye
J.D. Salinger

《麦田里的守望者》

孤僻乖戾尽人皆知，自我防护凶狠恶毒，生性羞怯如一只田鼠，却又像臭鼬一样脾气暴躁，J.D.塞林格堪称当代作家中最不可能成为传记家情投意合对象的人。他几乎不在公众场合露面，也几乎没有接受过采访报道，他的家人朋友（他们叫他杰瑞）也和他一样，精心守护着他的隐私。没有谁吃得准他。1951年，《麦田里的守望者》问世，接下来的12年中他还出版了3本书，再接下来他退隐到新罕布什尔州乡间；谣传他自那以后已经江郎才尽了。

这一切再自然不过，塞林格越是隐而不出，也就越惹人关注。毫无疑问，《麦田里的守望者》是战后最具原创性的小说之一，塞林格在其中塑造了文学史上第一个现代意义的青少年形象——霍尔顿·考菲尔德。像 D.H. 劳伦斯《儿子与情人》里的主人公一样，霍尔顿也是个生性敏感、情感丰富、充满人生困惑、与周边世界格格不入的人。但与保罗·莫雷尔有所不同的是，他不善交际、郁郁寡欢，满脑子都是不成熟的见解和无来由的愤愤不平。劳伦斯的主人公是个年轻的男人——无法想象保罗·莫雷尔会挤青春痘——而霍尔顿却显然是一个新人类。只不过几年时间，这一典型就上升为一种核心的文化形象，并由詹姆斯·迪恩在电影《无因的反叛》（*Rebel Without a Cause*）中进行了最令人难忘的演绎。

于是，难怪已故学者和传记作家伊恩·汉密尔顿——曾经写作过罗伯特·洛威尔的杰出传记——也把眼光投向了塞林格。由于他一样生来聪明伶俐、言辞尖刻却具有同情心，他以为塞林格一定会看中他作为理想的传记写作人选。1985年，他写信给塞林格，请求对方就此事进行合作。和大多数给塞林格写信的人不同，他还真的收到了回信；可是，和那极少数收到回信的人一样，收到的回复是：不。实际上，塞林格当时只是一反常态，以委婉的语气请求汉密尔顿放弃那个计划，饶他这一回。

可是我们都知道，汉密尔顿并没有放弃，他于 1988 年出版了卓越的《寻访塞林格》(*In Search of J. D. Salinger*) 一书。那本书原名《塞林格：文字生涯》(*J. D. Salinger: A Writing Life*)，并且就在它进入校样阶段时，塞林格突然对汉密尔顿提起诉讼，指控他擅自引用自己写给朋友们的信中的内容，构成了侵权（这些信现藏于普林斯顿大学的费尔斯通图书馆）。官司打到新泽西州高等法院，结果判定塞林格胜诉。那本书被撤回，并不得不彻底重写，将所有信件内容删除。（被迫撤回的书稿清样今天值1000英镑一本。）

尽管汉密尔顿是我的朋友，可在整个案件审理期间，我都是站在塞林格一边的。如果塞林格有心要成为文坛的葛丽泰·嘉宝，那么他肯定已经达到目的，并令众人不敢打他主意了吧？然后，莫名其妙的是，就在这事偃旗息鼓之时，塞林格威胁着要再次起诉，不过这回不是针对汉密尔顿，而是冲着我来的。这事可有点儿叫人伤心。塞林格甚至都不认识我，而且不管怎么说，《麦田里的守望者》还是我最喜爱的书。我第一次读它是在20世纪50年代中期，那个脾气暴躁、固执己见的霍尔顿·考菲尔德自那以后就成了我毕恭毕敬的榜样之一。

当时我并不知晓，霍尔顿初次露面是在1941年，那是一个短篇小说，讲述一个男孩从一所学校逃学的故事。小说被《纽约客》杂志接受了——当年这可跟获得最高级别的嘉奖没什么两样——只是始终没有被刊发（在1941年鼓励学生逃学可不大合适）。霍尔顿的形象牢牢占据了塞林格的想象——他承认这个形象有自己的影子。他当时的一位女友说，塞林格提起霍尔顿就好像他是个真人似的，霍尔顿这样那样地说个不停。这个男孩以各种模样出现在塞林格20世纪40年代创作的多篇小说中，而且《麦田里的守望者》中的两个章节曾经于1945年和1946年以短篇小说的形式在杂志上发表过。

在那个年代能够以如此高的强度写作真不容易，因为塞林格当时正在海外服役，并且一只手拿枪、一只手握笔地参加了1944年6月初的犹他海滨[1]登陆战。当年的一位战友回忆说，他和其他士兵不一样："他不参与喝酒，也不打牌。即便是战事处于最白热化的阶段，他还是照样写作，给杂志投稿。"

塞林格从一开始投身写作事业时就表现出这种专心致志的精神："不能说我天生是个作家，但我肯定生来就是个职业写手。我想我从没有选择以写作为业。我只是从18岁左右开始写作，而且自那以后就再没有停过笔。"这种一根筋也曾让他吃过苦头——战争快结束的时候，他得了神经衰弱——

---

[1] 犹他海滨是1944年6月盟军诺曼底登陆战中一段海滩的代号，是盟军5个登陆点中最西边的一个。

于是他开始怀疑自己能否持之以恒地继续下去。"我是个冲刺型选手，不擅长长跑，有可能我一辈子也写不出一部长篇小说。"但他有幸受到在《纽约客》和《科里尔》杂志上读过他作品的其他作家的称赞与鼓励。1944年，巴黎解放那天，他和海明威在巴黎的丽兹饭店见过一面，互相把对方夸奖了一番。（几年后，塞林格遇见了海明威的传记写作者，却把对方轻侮了一番，并暗示说麦尔维尔之后，美国出现过的唯一一位伟大作家就是J.D. 塞林格。）

由于各路褒奖的鼓舞和重返纽约的激励，塞林格在都市的喧嚣中，埋首创作那部计划已久的长篇小说。可是他发现在城市里不能像通常那样专心致志，于是立即收拾行囊，逃到康涅狄格州乡下，除了一条狗，什么都没带："你不必花时间跟一只狗费口舌，甚至一句话也不需要，你尽可以时时守着打字机。"

不到一年时间，他的小说初稿已经完工，而几家出版商也已经排队守候在那里。之前，他发表的短篇小说让他名声在外，因此虽然还没有出版过长篇小说，但已经被认为是美国最出类拔萃的青年作家。当时在哈考特·布瑞斯出版社任编辑的罗伯特·基罗克斯写信问他，是否能够为他出版一部短篇小说集。"没有回音。几个月后……一个身材高大、面容悲戚、脸型瘦长、眼窝深陷的青年走进办公室，说：'首先要出版的不是我那些短篇小说,而是我正在写的长篇小说……是一个小子圣诞节期间在纽约发生的故事。'"当场,他们就达成了协议。但是令塞林格百般鄙视、令基罗克斯灰头土脸的是,这项协议被基罗克斯的老板尤金·雷纳尔给否决了。他讨厌这部作品:"霍尔顿·考菲尔德是不是疯了?"他责问道,那口气尖刻而愚蠢。塞林格火冒三丈,拿着书稿去了利特尔与布朗出版社的办公室。双方一拍即合。可是,出版社忙前忙后,却怎么也不能令这位新作家开心。甚至就在他们通知他小说已经被"每月一书俱乐部"选为月度佳作(意味着书的销量绝对可观)时,他所关心的只是,这样一来是否耽搁小说的出版。他拒绝给书评人寄送样书,强烈反对在护封的背面印上自己的照片。编辑沮丧至极,冷冰冰地问他,是想让书出版,还是只想把书印出来了事?

随便你怎么说,小说还是在1951年7月6日正式出版了。在此之前,塞林格本人就已经动身去了英国,要在那里待上两三个月,以避免看到各种评论。他无须如此担心,因为绝大多数严谨的评论家都喜爱这部小说:《纽约时报》称赞它是"一部非同凡响的处女作",《费城调查者报》盛赞其作者是"一个令人耳目一新、活力四射的艺术天才"。不出所料的是,也有一些嘀嘀咕咕的负面声音,大多是说书中的腔调过于直言不讳。《基督教科学箴言报》认为它败坏道德、有悖常理。有一位细致入微的女士列举说，在小说总共187页中，有295处在提到上帝时的口气是无所谓的，更有587处令人惊讶地对上帝进行了亵渎，换句话说是，每页超过3处。当然，这些评论有助于增加销量：7月，小说重印了5次，8月重印了3次，9月重印了2次。似乎怎么印也不能满足读者的需要。

1953年，《麦田里的守望者》英国版由哈米什·汉密尔顿出版社出版。尽管读者反应不如美国那般狂热，但塞林格还是非常高兴。哈米什·汉密尔顿对此早有忌惮，给英国版加了一个蹩脚的封面简介："虽然书中的对话极具美国风格，但由于遣词造句是如此娴熟精巧，英国读者读来也毫无障碍。"但英国读者并不买账。相当多不可一世的评论家感到疲惫不堪，批评该书既粗俗又无聊——言下之意是，和大多数美国东西一个样。《潘趣》(*Punch*)杂志的评论很有代表性：《麦田里的守望者》通篇都是无病呻吟。当然，评论者本人也承认，这"或许只是宁愿外表柔软、内里坚硬的腐朽了的欧洲人的反应而已"。

不过，英国人嘲笑也好，喜欢也罢，都不妨碍这本书的畅销。到1953年，《麦田里的守望者》已经取得了辉煌的成功。早在1951年，它就已经蹿到了《纽约时报》畅销书榜的第四位，在接下来的10年中，小说销量持续稳定地增长。到1961年,它的年销售量达到惊人的12.5万册。如今,年销售量则是那个数字的两倍还多。

塞林格起初对这些反响满心欢喜,但是很快他就高兴不起来了。"在我看来,这些事多半都令我忙乱不堪。从职业和个人生活角度,它们只能使我意气消沉。让我说就是,每当我看到书后那张大照片上自己的脸,我就觉得气不打一处来。我真希望哪天看到它被莱克星顿大道又冷又湿的风吹得胡乱翻飞,撞在路灯杆上……"从第三版开始,塞林格的照片就从书籍封面上撤下来了。照片上的他看上去有点儿不够友好(他本人确实是那样),但那照片也让他家喻户晓,而这却是他根本不希望发生的事情。他只希望别人能让他和自己的狗、打字机待在一起。

所以,难怪多年以后,他仍然不欢迎伊恩·汉密尔顿写给他的那封信。他不想别人写他、分析他和披露他的情况。那本传记的出版令他相当苦恼。同样不足为奇的是,那件事也在汉密尔顿口中留下苦涩的滋味。1989年,他建议我买下和那本书相关的文件资料:书信,采访时的录音带和文字材料,各种笔记、手稿和案件审理文件,整整一大摞儿。可以肯定,大学图书馆一定会对此感兴趣的——那起案件可是家喻户晓——我同意了这桩买卖,并把那些资料转卖给美国一所大学的手稿部。他们立即将其买下,几天后我就把它们寄了出去。

仅仅6天后,我接到一个从美国打来的怒不可遏的电话,对方说那摞儿文件刚到,J.D.塞林格的律师就给图书馆打来电话,要求把所有与汉密尔顿那起诉讼案有关的资料都还给他。

"那你们接下来怎么办呢?"我有点儿担心地问。

"立刻把它们寄还给你。"他坚定地说,这对他来说很简单。

那些资料刚回到我这里,我就接到塞林格的文学经纪公司哈罗尔德·奥伯事务所打来的电话。打电话的是一位女士,那声音由于吸烟和怒火中烧的缘故而声嘶力竭,仿佛能把一头海怪都吓死过去。她告诉我说,我惹下麻烦了:塞林格聘请律师起诉我了,罪名是藐视新泽西州高等法院。

听到这个消息,我既感到伤心,又感到非常莫名其妙。我可从未在新泽西州生活过,而且即便我一贯对它不感冒,可要说我藐视它也太夸张了,更别提说我藐视它的高等法院了。但事实是,在伊恩·汉密尔顿的诉讼文件里,有一份来自塞林格的文件复印件,200多页,是他提供给法庭的证词,陈述他对那本传记的反对意见,以及他写作和为人处世的方式。和案件中的其他文件一样,这份文件被判定"密封保存",也就是说,无论如何也不许公开。

塞林格聘请了一大帮律师,仿佛一支军团部队。他们给我写信、发传真、打电话,根本不顾伦敦和纽约之间有几个小时的时差。可悲的是,在和伊恩·汉密尔顿的律师进行了一番漫长的咨询探讨之后,我得知美国律师是对的,那些法律文件不属于伊恩,不可以被买卖。

可另一方面,我买这些资料确实是出于与人为善的目的,而且美国法律条文能否追踪到英国来起诉我尚不清楚:这一点我向我的对手进行了有力的说明。他们一致认为,即便真的要起诉我,也不是件容易的事。但他们说,他们会依法扣押汉密尔顿先生在美国的财产,并且保证只要他随后一踏上美国国土,就会被立即送进监狱。我把这个信息转告伊恩,他居然镇定自若,完全不当回事,还说我想怎么着就怎么着,不关他的事。可明摆着我们输定了。于是我请求和塞林格的代理人——那位母夜叉——讲和。

"在我看来,"我说,"在这件事情上,我并没有做错什么。如果要我归还那份文件,明摆着我要蒙受损失。"

"是呀,是呀。"她勉强说道。

"我是塞林格先生的拥趸,我丝毫不想引起他的不快……"

"嗯哼……"

"所以我提议,我把那些文件寄还给你们,而作为回报,请塞林格先生在我的首版本的《麦田里的守望者》上签名题字,怎么样呢?"各位应该知道,塞林格是出了名的吝啬,从不给人签名题字。我只见过两本签名本的《麦田里的守望者》，其中稍差一点的那本价值 3 万英镑。

电话那头是一阵不祥的沉寂。

"喂？"我说。

"你这是敲诈勒索！"那声音尖叫着，仿佛从地狱里传来似的。

"正相反，"我通情达理地说，"在我看来，这是一种完美的解决方案。对他来说，尽显绅士风度；对我来说，也是一种公平公正的行为……"

话筒里传来一阵尖厉的咆哮声，仿佛那位经纪人变成了一只患有哮喘病的海豹。

"当然，"我接着说，"这不是两全其美吗？塞林格先生讨回了他的东西，我的书架上也得到一个小小的纪念品。"

这回是一阵更长的，也更加不祥的沉默。

"我明天就把那份文件寄回去。"我说，而且我真的做了。干我们这一行，你一定要知道见好就收。不管怎样，我不久将塞林格写给汉密尔顿的亲笔信卖给了纽约的一位收藏家，而余下的资料则卖给了费尔斯通图书馆，赚了不大不小的一笔。

可是，在我的书架上，预留给《麦田里的守望者》签名本的那块地方依然是一片空白。在我的想象中，那上面应该写着这么几行字："赠里克——心不甘情不愿的赞美者杰瑞·塞林格敬笔。"

Seven Pillars of Wisdom
T.E. Lawrence

《智慧七柱》

    我不喜欢用"奢华"一词来形容书（用在沙发上也许更合适），但如果20世纪果真有一本书称得上奢华，那就非这本书莫属了。它装帧繁复精巧，硕大厚重，拿在手中很有分量，文字用卡斯隆[1]字体精心排印，而且书中附有许多当时顶尖的艺术家绘制的丰富多彩、精美绝伦的插图：柯林·吉尔、埃里克·肯宁顿、亨利·兰姆、威廉·罗伯茨、爱德华·

---

[1] 威廉·卡斯隆（1692—1766），英国人，发明了一种英语印刷字体，即卡斯隆体。

沃兹沃斯、弗兰克·多布森、奥古斯丁·约翰、约翰·辛格·萨金特、格特鲁德·赫米斯、吉尔伯特·斯宾塞、威廉·罗森斯坦、保罗·纳什。这个威风凛凛的物品，让你不得不正襟危坐、屏气凝神，里里外外地掂量端详：这简直就是一本艺术画册。这本书读起来更不容易，这一点光看它那长相就一目了然。当然，"难读"还并非这本书的要害。

这书真让人赞不绝口（稍稍有点儿装饰过度）。当年你必须预付30基尼才能买到限量发行的170本当中的一本，如今，同样的版本差不多要1200英镑才能买到。T.E.劳伦斯意欲把这本书打造成一本"泰坦尼克式"的皇皇巨著（应该不会因为它非常厚重而导致沉没），而且他确实做到了，将其打造成了一部经典，尽管有点儿讽刺的是，不是因为内容，而是因为制作工艺的超凡脱俗。这本书可谓无人不知，可在我认识的人中只有两位曾实实在在地读过它，并非因为该书太晦涩难懂（像《芬尼根的守灵夜》那样），而是因为它乏味得难以卒读。且看下面这段描写阿拉伯人的文字：

> （他们）像水一样居无定所，也像水一样终究可能肆虐横行。自从混沌初开，他们就像连绵不绝的波涛，不断撞击着血肉筑成的海岸。每一道波浪都被摔成碎片，但是，如同那大海一样，每一次的失败磨损，消耗的不

过是微不足道的砾石……有朝一日，也许是历经数年之后，会不经意地越过物质世界的樊篱，而上帝会浮现在那水面。我激荡起一道浪花，任思绪翻卷，直到它冲上巅峰，然后跌下来，坠落在大马士革。这道浪花的冲击，由于受到既定事物的抵挡而受挫，但是它将为后续的波浪提供物质基础，一旦时机成熟，那大海将再度升腾。

哪怕是世界上最最了不起的书，要从里面找出一段蹩脚的文字加以引用也不是难题，但是上面这段文字中冗长的隐喻在本书中非常典型。一来，这是劳伦斯的行文中一再出现的毛病；二来，这段文字以一种几乎不加掩饰的自我夸耀来结束。因为从实质上说，此书终究不是劳伦斯"在阿拉伯的所作所为"的忠实记录，许多部分还相当失实；也不是描写如若不是因为年岁不饶人和保守派分子的掣肘，他将会取得何等辉煌的胜利。如果将此书视作一次自我神话化的操练，它应该取得了无可匹敌的成功。

书名《智慧七柱》取自《圣经·旧约·箴言》第九章第一节："智慧建造房屋，凿成七根柱子。"书名还附有一个极具劳伦斯特色的副标题——丰功伟业。《智慧七柱》一书 1926 年由 T.E. 劳伦斯自费出版，是 20 世纪文学中最罕见、最令人注目、最价值连城的书籍之一。有很多人不辞劳苦地四处搜寻这本书——每年在市场上露面的最多只有那么一到两本。20世纪80年代,已故的哈里·斯皮罗,一位腰缠万贯、如饥似渴地搜罗书籍的纽约收藏家有意垄断这个市场。他开始时差不多花4000英镑买一本,可是此书价格一涨再涨,而他仍然买呀,买呀,直到90年代中期的某一天,他觉得手中的书已经够多了才停下来。此时,他手中已经有十几本了。目前该书已经飙升至3.5万英镑一本,要是他得知这个行情,脸上露出的与其说是笑意,不如说是母狼般的狰狞。

然而,他搜罗到手的那些《智慧七柱》到底是不是首版还值得商榷。该书的成书过程堪称一段扣人心弦的故事。劳伦斯写完该书的第一稿是1919年,可当年11月,书稿就在雷丁火车站丢失或者说是被偷了。沮丧不已的劳伦斯在朋友们的鼓励下着手重写,并在次年5月完成。但是他对这一稿并不满意,轻蔑地称它是"童子军习作",于是他再度重写,到1922年脱稿。

尝过只保留一份手稿这种不智之举的苦头之后,现在他学乖了。按照常规,他要请人用复写纸誊抄几份文稿,就在这时,他获悉只要稍微多花一点费用,就可以请《牛津时报》的排字师傅把那本书排印出来。于是,几份文稿排印出来,是印在薄薄的、质量低劣的样稿纸上的。他把它们分发给几位朋友看,请他们提意见。他一直很担心某个混账排印工人做手脚，把自己的作品偷出去冒名出版，变成名叫《阿拉伯的弗雷德·马金斯》或者其他什么名堂的东西。所以，劳伦斯狡猾地把各章故意打乱，不做标记编号地交给印刷工排印，而且绝不透露书名。书名是他后来自己打字补上的。我敢打赌，他这一招得逞了。

1922年秋天，他亲自一一校正了印刷工排印时不可避免的错误，再将书籍装订成册，分发给朋友们试读。他们中有罗伯特·格雷夫斯、E.M.福斯特、托马斯·哈代、鲁迪亚德·吉卜林以及D.G.霍加斯（阿什莫尔博物馆的馆长）。不出几个月之后，当司各特夫人来信询问她能否借一本时，劳伦斯哭丧着回答说，他手边可一本也没有了：

你想要一本！不巧得很，我也想要一本呢。总共只有6本，借出去之后只有一个人曾经归还过，而那本书后来又被我傻乎乎地再次借出去了，然后就再没有回来过。所以啊，说真的，我想要6本。

读者们的热情令他深受鼓舞。西格弗雷德·沙逊写道：

真是一部杰作，你这该死的家伙……感谢天地老爷、各路神灵、四海仙尊、八方圣人、诸位尊长、救命恩人，感谢你们让一个人写出如此精彩的一部著作,并且他没有违背良心将其出卖给拉皮条的出版商!

不久,劳伦斯就盘算着要自费出版一个大大方方的私家珍藏版。可是确切地说,究竟要出哪种模样的"书"呢?他原本想把1922年的本子订正后出版,但又拿不准是否应该把那洋洋洒洒30万字的文稿大刀阔斧地删减一番。他还担心自己的文字质量不够高,而在重读一遍之后,他更加丧失了信心。他浏览了朋友们的来信后发现,虽然他的第一批读者异口同声地赞赏此书,但是鲜见有人称赞他的文笔。E.M.福斯特对他的文风进行了一番分析:

> 我想提出的批评意见是,你对心理描写拿捏得不太得当。每当转入心理描写时,你几乎立刻就变得含糊不清,辞藻中露出一定的紧张感……可是那种紧张非但没有如你所愿地为你的语句增光添彩,反而显得拖泥带水。

拖泥带水?完全正确,而且非常致命的是,不管用词多么整饬凝练都无济于事。劳伦斯对这样的意见感激不尽,却又没能耐从中吸取教训。最终的定稿实在是啰唆个没完没了,所幸篇幅已经短了不少。

也幸好他有一群朋友帮忙。其中的一位是爱德华·加尼特，他是发现康拉德的伯乐，也是《儿子与情人》一书的编辑，他自告奋勇替劳伦斯删减文本。结果，删减后的文稿少掉了一半。劳伦斯对此并不完全信服：

> 我该怎么办？就出版经加尼特删节后的文本……然后用得来的利润出版一个带插图的限量完整版？或者干脆不公开出版……只管私人印刷完事？哈代最近刚看过书稿，他的意见令我非常自豪。萧也对之赞赏有加……

最终，劳伦斯还是听从了福斯特的意见，亲自动手对文本进行了删减后才出版。他给托马斯·哈代夫人（她更喜欢长一些的版本）写信说："被砍掉的那一小部分都是多余的东西，绝大多数是冗余的形容词。"事实呢？删掉的足足有170页，算一算大约相当于7万个形容词。

关于出"限量预订版"的计划最终敲定了。各路朋友都被要求帮助找一些客户，要求对方预付30基尼，订购计划中限量100本中的一本。最初的反馈令人沮丧，因为只有37个人表示有意订购。而劳伦斯也发现，自己从坦克部队退役以后剩余的那点精力已经被修改文本、组织印制等任务消耗殆尽，而钱也差不多用光了——所有计划出版豪华版著作的人都该预料到这一点。一开始,预估的成本是在3000英镑左右,所以只要能找到100个买家,收支就能够平衡。劳伦斯认为,利用一本描述自己战争经历的书为私人谋利是一种不光彩的行为。可是很快,眼看收支平衡成为一种虚无缥缈的乐观目标,出版计划也就变成一种壮烈牺牲的英勇行动。

两年时间过去,排字师傅们不辞辛劳地将内页文字一排再排,直到达到劳伦斯的高标准要求为止。装帧设计做了安排。插图也准备就绪。预订数一路攀升。开销也不例外。最后等到170本书制作完成,送到订户手中时,劳伦斯计算了一下,每本书的制作成本在90英镑以上。他的钱就这么打了水漂,输得两手空空。

他靠四处借贷、出卖自己珍藏的第四版莎士比亚对开本填补了部分亏空,但还是于事无补,他已债台高筑。最后,他被迫重新考虑一个令他反感的做法,即出版该书的市场出售版本,哪怕预订版此前已经面世。他长期以来一直心坚如铁,"避免落下在英国兜售自己的恶名",但到1927年,他还是迫不得已答应凯普出版社,出版自己著作的删节本《沙漠抗暴记》。几个星期不到,他的债务就清偿完毕,劳伦斯对自己昭著的恶名感到相当得意。

这是一项赫拉克勒斯式的事业。在经受了万千怀疑和难以计数的危机之后,劳伦斯对预订版十分钟情:"除非我错了,否则它终将在某一天大放异彩。"虽然那170本书全部售出，但是让读者们赞不绝口的不是它的内容，而是它制作、印刷方面的富丽堂皇。

《智慧七柱》一书的预订版说到底还是一场形式大过内容的胜利。可是我的朋友爱德华·马格斯，他所经营的马格斯兄弟公司在T.E.劳伦斯作品买卖方面最老到，他坚持说，该书的唠叨啰唆并不是妨碍人去崇敬它的理由。"它当然是一部失败之作，"他斩钉截铁地说，"但那是一次无惧无畏的失败。"对此我没有任何异议。爱德华做人一向慷慨大方，但这种话还是不能激发我读这本书的欲望。我宁愿读到的是一次无惧无畏的成功之作。

到这里，你可能会问自己这样一个问题：如果1926年版的170本《智慧七柱》如今卖到3.5万英镑一本，那么1922年印行的只有6本的牛津版又会卖到什么价呢？没有人知道答案：6本中只有两本现在在私人收藏家手中，而且都不曾在珍本市场上露过面。直到2001年5月22日（星期二），这一天，劳伦斯自己留存的编号为"1"的那本在纽约佳士得拍卖行落槌卖出。当时的售价是70万英镑，相当于126万美元，比任何一本20世纪文学珍本书的售价都要高4倍还多。

在我从事现代珍本书买卖的20年里，我还从没有经手过1926年版的《智慧七柱》。那是我的一个盲区。不仅是《智慧七柱》，而是所有的劳伦斯的作品。我通常十分关注珍本书目和它们的价格信息，但差不多劳伦斯的任何东西都没能在我心里留下痕迹，我对他不感兴趣嘛。

并不是只有我一个人对劳伦斯不感兴趣，按照劳伦斯的传记作者杰瑞米·威尔逊的说法，他观察到："公众不再明了到底该相信什么、不相信什么，所以，许多持重严谨的人对待T.E.劳伦斯的话题，即便谈不上厌恶，但肯定已经变得小心翼翼。"言下之意，治疗这种毛病的唯一合适方法就是，阅读他撰写的长达1188页的劳伦斯传记。不过，要是你对劳伦斯不感兴趣，那么你大可不必做这样的傻事。

我对温斯顿·丘吉尔的著作也有同样的感觉。不过我最近刚刚读了罗伊·詹金斯所著的《丘吉尔传》，对丘吉尔崇拜得五体投地，而此前我对他几乎一无所知，真是不该。可是，我还是不想囤积他的书：他也许值得万众敬仰，但对于那些收藏他的书的人，我还是觉得不敢恭维。对劳伦斯，我的感觉完全相同，除了在尊敬程度上有所不同以外。

藏书家都是一些怪人，既执迷不悟又桀骜不驯，既逮住什么就不放，又有点儿神秘兮兮。通常，他们喜欢收藏那些自己感兴趣的作者的书，并按照自己的喜欢程度进行估价，无伤大雅。但是劳伦斯和丘吉尔书籍的藏家们就不同了，他们身上有一种神经质的气息，非常个人化，还有一种（按照埃德娜夫人[1]的说法）"阴森森"的感觉。我不相信，他们能够闲庭信步地骑着骆驼驰骋沙漠，或胸有成竹地指挥第二次世界大战。相反，他们的自我感觉一定都受到把自己和某个英雄人物相互关联的想象的激励，以使得自己形象高大。（荣格把这种自我身份认同命名为"心理膨胀"。）

你能想象得到，这些收藏家会说："这个老丘吉尔啊，和我是一路人呢！"那么究竟谁是专门收藏丘吉尔作品的人呢？文莱苏丹，报业大亨康拉德·布莱克，曾经的美国总统候选人史蒂夫·福布斯。给我推举一位企业界巨人型的藏书家，我敢打赌，他收藏的要么是丘吉尔，要么是罗斯福，要么（老天爷保佑）是拿破仑。

劳伦斯的收藏者还算不上特别高大上，但话说回来，劳伦斯本人也不够那样的档次。我很幸运，在我从事珍本书买卖的绝大部分时间里，我一直没有碰这些人，而且我唯一一次与劳伦斯的物件打交道完全是出于偶然。

大约几年前，我买了一幅相当糟糕的画作，是温德姆·刘易斯画的，当时我正对他感兴趣。那幅画是1935年的作品，

---

[1] 埃德娜·埃弗瑞吉夫人（Dame Edna Everage），是由澳大利亚喜剧演员巴里·汉弗莱斯反串的舞台剧和电视角色，以大胆辛辣、幽默机智的言谈，以及唐突夸张的造型闻名英语文化圈的艺术舞台。

画的是沙漠风光,远处有几座小山,近处是一个头戴白头巾、骑着马的男子。那匹马是以"旋涡画派"笔法画的,结果只有那斗鸡眼画得十分准确,而且仿佛就要栽倒似的。

我把那幅画挂在店里,遭到往来顾客的一致嘲笑。甚至连我自己也开始憎恨它了。有一天,一个专事 T.E. 劳伦斯物品收藏的藏家走了进来,他来自纽约,会不定期地光临小店。他仔细审视着那幅画。"它是新到的?"他咄咄逼人地问,"你为什么没向我推荐?"

"当然是新到的,画的是喋血阿拉伯的劳伦斯,对不对?"我说。

"我当然知道,多少钱?"他说。

虽然它十分蹩脚,但毕竟是温德姆·刘易斯的作品,所以标价 5500 英镑。可是现在它摇身一变,成了刘易斯画的 T.E. 劳伦斯的画像。那位顾客告诉我,刘易斯当年接受了 50 英镑定金,为《智慧七柱》创作一幅插图,却没能按时交差。他扬扬得意地对我说,这幅画或许是后来重新画的,抑或就是当初没能按时交出去的那一幅。它很可能要值 2 万英镑,如果你懂行——像他,而不是像我——知道它究竟是什么来头的话。

他甚至没有杀价——这在他可是少见——当即按照标价以 5500 英镑买下了那幅画作。然后,为了惩罚我,他还坚持要求我在我最喜欢的"常春藤"酒家请他吃了一顿。我怎么这么傻，连个货都不识。

那顿饭，我吃得一点胃口都没有。

The Colossus and
Other Poems
Sylvia Plath

《巨人像及其他》

  作为一名珍本书商，你若承受不起多愁善感的代价，就绝不能和经手的书有太多感情瓜葛，发生太过深刻的联系。除非腰缠万贯，否则你经手的书都不值得长久留存，无论你多么爱它们都不行。"爱"这个字在此可能有些煽情，我使用它也有点儿犹豫不决。但是，每过一阵子就有一本书冒出来，散发出强烈的吸引力，让你爱不释手，甚至为之心驰神往、六神无主、难以割舍。偶然出现的一本书竟然魅力如此强大——作家珍妮特·温特森将这种情况精彩地描述为"书籍心理测试"——它对我产生的影响，终究比许多我认识的人对我的影响更大更深。比如，当年我在沃威克大学教书时的学生，如今能记得的不过寥寥可数的几位。同样，这些年我经手的数不清的书当中还能想起来的也就那么几本。不过，这里的潜在内涵是一清二楚的：某些好书要比某些人更加令人难以忘怀。

对此我丝毫不感到尴尬。我想，肯定有人要和我争论，不过还是先听听下面这个例子再说，它出自我于1992年发布的待售书目第16号：

> 西尔维娅·普拉斯：诗集《巨人像及其他》，纽约版，1962年。美国第一版。作者普拉斯亲笔签名题赠本："赠泰德——因为你，巨人克洛索斯和奥托王子学到了各自的手艺和艺术。——爱你的西尔维娅"

如果你读到这里还不立马感到这本书多么叫人激动——如果你不以某种方式暗自发出惊呼"这太绝了！"——恐怕你就根本不是做藏书家的料。我甚至确信，你和我根本不是一路人。正如我在书目中标明的那样，这是一段意义格外深远的题赠文字。当然，我所指的是西尔维娅的德裔美国父亲奥托·普拉斯，他在女儿只有8岁时就去世了，却影响了她一辈子。他统治了她的想象世界，她生命中的所有男人都被他的阴影所笼罩。

西尔维娅与泰德时常在一起玩占卜,泰德说:

> 这时"精灵"总会带着来自奥托王子的各种指示来到她身边……每当她强烈要求更加亲密的直接交流时,对方的回答是,奥托王子不会直接和她交谈,因为他必须听从"巨人"的指令……她努力想要知晓巨人对她隐瞒的那层含义是什么,这些年来,这种努力在她的诗作中越来越占据中心地位。

因此,难以想象在普拉斯的处女作上还能有比这更加亲密的题签:赠给自己心爱的丈夫泰德·休斯,并顺带提及她那奥林匹斯神灵一样的父亲,以及引导他的精灵。在她最著名的诗篇《爹爹》中,泰德和奥托令人吃惊地与她对逝去已久却威力依旧、处在黑暗中的父亲的召唤融合在一起:

> 我始终畏惧你,
> 怕你的纳粹空军,你满口费解的词语。
> 你修剪得整齐的短髭,
> 你那雅利安人的眼睛,湛蓝,
> 装甲兵,装甲兵,哦,全是你——

奥托·普拉斯的死是西尔维娅一生中的决定性事件。从那一刻起,她就再也不能拥有永远的幸福了。她回忆说,20岁那年,她试图自杀(这是她唯一的小说《钟形罩》的主题),就是为了要和她死去的父亲团聚。她不是执着于对奥托的回忆,而是无法磨灭心目中对他矢志不渝的想象,以至于她似乎注定要把父亲的形象投射到自己未来的恋人身上。在《爹爹》一诗接下去的部分,奥托王子的形象和泰德·休斯完全融为一体,无法区分:

> 我为你塑造一个模型,
> 一名黑衣男子一脸"我的奋斗"[1]的表情。
>
> 酷爱拷问架和绞索台。
> 然后我说,我愿意,我愿意。

诗作以一种不切实际的希望结束,希望死去的父亲那既让人亲近又叫人害怕的形象能被降临的新爱所抹去:

> 在你肥大的黑色心脏里有一根柱子,

---

[1] 原文为德语 Meinkampf,乃希特勒自传的书名。

> 村民们从来没有喜欢过你。
>
> 他们在你身上践踏、舞蹈。
>
> 他们一向明白,那都是你干的。
>
> 爹爹呀,爹爹,你这个杂种,我彻底完了。

其中埋藏心底不能忘怀的怨恨让人毛骨悚然。其主人属于典型的神经质,感情忽好忽坏,难以捉摸,正是所有母亲嘱咐自己的儿子要避开的那种女孩。1956年2月,当泰德与西尔维娅在剑桥大学一场舞会上初遇时,彼此的吸引力瞬间迸发,一发不可收拾。她对他的亲吻和咬他没有区别,令他满嘴淌血。

4个月后他们结婚了。"泰德是我理想的,也是唯一可能的男人。"她写道。他们先在美国待了一段时间,然后在伦敦安了家,从事写作。西尔维娅偶尔在一些优秀杂志上发表几首诗作,但是想要出书的努力却处处受挫。泰德的处女作《雨中的鹰》(*The Hawk in the Rain*)1957年由费伯出版社出版了。他们在同一间暖房从事着文学事业,她为他的成功欢呼雀跃,但也嫉妒不已。他们彼此的关系十分微妙,处于不稳定状态:有时相互支持,有时相互竞争,有时相互激励,有时又潜藏着爆炸性的危机。西尔维娅对此感到担忧,她在1959年11月7日的日记中写道:"日复一日与泰德如此亲密相处太危险了。没有他，我也就失去了自己的生命，我就像个附属品……我必须拥有一个从内心深处支撑我的生命。"

圣诞节期间，她整理出50首诗作，打印成册，即《巨人像及其他》，并应编辑詹姆斯·米奇（曾经夸奖过她发表在《伦敦杂志》上的作品）的要求，把它送往海涅曼出版社。双方立刻就签订了合同。书是题献给泰德的——"那个十全十美的人，他鼓励我穿越了一路的黑暗。"几个月后，书出版了，她发现里面有几处印刷错误，很失望，但"对封面的颜色很喜欢……书精致、厚实，足足可以在书架上占据3/4英寸的地盘"。（《雨中的鹰》要薄一些。）"我想他们的活儿干得真漂亮。"

这种神清气爽的时光并没有延续多久。虽然各种好评纷至沓来，但普拉斯并不满足。之前，她因渴望着出书而忧郁哀愁，如今，令她不开心的是，那书没能获得更多的注意和褒奖，没能获得任何奖项，没能挣什么钱，没能在美国找到出版商出版它。这种野心勃勃的毛病属于"这山望着那山高"：一个目标达到了立马就想着下一个。出版了一本甫一问世就被称为"重要之作"的书还不够，还想着它应该大名鼎鼎。她已经得到一小群文学同行的欣赏，如今却想着要闻名天下。

次年5月，阿尔弗雷德·克诺夫出版社答应在美国出版《巨人像及其他》，不过篇幅必须要缩减。诗人玛丽安·摩尔

117

曾经建议她舍弃10首诗,把其他作品做一些删减并重取标题。西尔维娅欣然同意:"这样一来就像是出版一本新书了,"她开心地说,"唯一的本子,也是理想的本子。"(怪了,这句话也是她之前形容泰德的用语:可能两者对她来说都属于完美无缺的理想化身。)确定无疑的是,评论界反响很热烈。乔伊斯·卡洛尔·欧茨在《纽约时报》上发表文章,完美地道出了大家的普遍感受:

> (她的诗)蕴含着一种精致的、令人心碎的品质,它将西尔维娅·普拉斯塑造成公认的"忧郁女王",成为我们最私密、最无能为力的噩梦的发言人……她的诗完美无缺,也能置人于死地。她的诗令我们沉醉入迷,力量是如此强悍,一定也迷醉了她自己。

动荡不宁以及对不断涌现的危机的预感成了普拉斯的本性和她的艺术的根本内容。1962年5月14日(星期一),《巨人像及其他》在美国出版。就在那一周的星期五,大卫·威维尔与妻子埃希亚——休斯夫妇伦敦住所的承租人——来到德文郡拜访他们夫妇。那个晚上过得很糟糕,至于到底是哪里出了问题有各种说法。似乎是泰德与埃希亚之间的火花太过明亮,所以西尔维娅——再自然不过——就火了。埃希亚后来固执地表示，要不是西尔维娅当时的反应太过火，她后来也许不可能真的和泰德勾搭上。这话听起来真是既愚蠢又可笑。

整整几个月时间，西尔维娅始终满腔妒火。7月中旬，泰德去了伦敦（是与埃希亚幽会？），西尔维娅把家里能找到的泰德的文稿一把火烧了个干净——显然，这是对一个作家最致命的打击，而这已经是西尔维娅第二回干这样的事了。在那些纸张燃烧的当口儿，西尔维娅拨弄着灰堆，发现"在焦黑的纸上有一个名字"，定睛一瞧，赫然写着"埃希亚"三个字。

9月，泰德搬了出去。婚姻已经终结，西尔维娅带着泰德抛下的两名年幼的孩子，无法走出痛苦的深渊，但也并没有因此才思枯竭。作为一名诗人，绝望吞没了她，也滋养了她，令她文如泉涌。在生命的最后几周，她创作了许多伟大的诗篇，它们在她死后结集为《爱丽尔》并于1965年出版。这种疯狂的创作无可阻遏，也是天鹅的绝唱：1963年2月11日夜间，在位于菲茨罗路的寓所，西尔维娅小心翼翼地关上孩子们所睡房间的门，打开了厨房的煤气。第二天早上被发现时她已经死了。（6年后，埃希亚·威维尔也自杀了，还亲手杀死了自己与休斯所生的女儿舒拉。）

聚散离合都在瞬息之间。西尔维娅·普拉斯在《巨人像及其他》一书扉页上写下那句充满深情且似乎一语成谶的题词之后仅仅7个月，就被丈夫抛弃了，并且香消玉殒。也许可以安慰地说，希望她就此能和奥托王子团聚，但我可不这么认为。她也因此成为一代美国女性主义者的偶像，她们自认为遭受了不公正的对待，被褫夺了应有的权利，但西尔维娅原本并不喜欢她们。她被当作女权的代言人，但其实她根本不是那样的人：她一心沉溺于自己的世界，除了她自己谁也不代表。就此而言，我们唯有感激不尽。

也许你一直在纳闷——如果你没有的话，可太不应该了，既然泰德·休斯直到1992年依然活得有滋有味，那么那本题签本《巨人像及其他》又是如何流入市场的？答案是：他自己卖掉的。和许多作家一样，休斯一向对文学世界里的残羹冷炙无动于衷，包括形态各异的纸质文档，如手稿、清样、信札、签名本等。即便他拥有这样的东西（他自己的文件后来都卖给了埃默里大学），也并不视若珍宝。签名本的《巨人像及其他》对我们许多人来讲仿佛有一种魔力，但对他而言，很可能只是前妻赠送给他的许多书籍中的一本而已，也就是说，它不过是金钱的另一种形式。

我手中的这本《巨人像及其他》，是花了4000英镑从罗伊·戴维斯那里买来的。罗伊是苏富比拍卖行书籍与手稿部主任，也是泰德的朋友，不时充当泰德的经纪人，帮他处理一些书。我毫不犹豫地就买下了它，当时只想：第一，这本书很好；第二，它的价值一定不止我出的这个价。在和它相伴了一段时间之后，我发现自己对它的留恋与日俱增，于是果断地将它编入待售书目录，标价9500英镑。

书目刚发行不久，我就接到了罗伊·戴维斯的电话。

"泰德气炸了！"他说。

他所指的是什么一目了然。"为什么呢？"

"他认为书商只应该赚10%。"罗伊说。他是这一行的老手，知道的可不要太多哦！

"那么你应该向他解释一下嘛，通常我们在卖书的时候都要在原价上打个折扣，编辑书目还要花掉很多钱，而且有些书有时还卖不出去。他时常和拍卖行的人打交道，可那些人不需要花自己的钱，而且一旦生意成交，买卖双方都要给他们付费。"

"我已经和他这样解释过了。"罗伊立马回了一句，听那口气，显然泰德根本不吃这一套。同时，我还指出，泰德得了钱（依照他开的价），而我只得到一本未必卖得出去的书。

得知休斯做出这种反应，我并不感到意外。之前，我和他打过几次交道，领教过他的厉害。我曾经在书目上列出一本西尔维娅有过大量眉批点校的《了不起的盖茨比》。对此，泰德声称，那本书"是从格林府（他们家）被偷走的"。我把它还了回去，但之后的调查证明，那本书是西尔维娅的母亲拿出来的（我认为，那不是偷的）。泰德随后很不情愿地将书还了回来。他是一个复杂而难缠的人，并不轻易展露自己的个人魅力。他的力量是内敛的、经过提炼的，他肯定会因为内在的能量而蠢蠢欲动。一旦他把矛头对准了你，那可不好玩。

在我记忆里，我编印的书目中还没有哪本书受到过和《巨人像及其他》一样的广泛议论，一样的宠爱有加。《泰晤士报》甚至登载过一封读者来信，是西尔维娅生前的一位朋友写的。信中提出，不应该允许这样的东西流落海外。（言下之意是，泰德根本就不应该卖掉它。）我对后面这项指控没有意见。不过既然书是他的，他应该有权处理。然而，让我一头雾水的是，一位美国诗人题赠给自己丈夫的一本美国版的自己的著作，为什么应该被视作英国文化遗产不可或缺的一部分呢？

不过，争论归争论，爱慕归爱慕，那本书愣是一直找不到买家。也许，1992年对于这本书来说有点儿为时尚早。也许是我开的价码有点儿离谱，因为毕竟那时普拉斯－休斯产业[1]还在建构中。《巨人像及其他》在我的书架上躺了好几个

---

[1] 普拉斯－休斯产业（Plath-Hughes Industry）是指由于普拉斯和休斯关系的话题性，传媒业总是不断从他们的故事中寻找新的卖点，以博得大众的关注并获取商业利益。

月，尽管我无时无刻不感受到它的力量，但看到它我还是气不打一处来。眼看它卖不出去，魅力也大受影响，甚至连我也怀疑它是否真的有人要。

那年年末，我终于将它卖给了一位老谋深算、火眼金睛、专门收藏诗集的费城收藏家。他一直说定价太高了，只愿意出 9000 美元（折合 5000 英镑）。双方僵持着。最后，我恼了，就答应了他的价码。他得着了一本好书。之后没几年，他把自己的一些书转手出售，那本书也在其中，价格比我当初开的高出好大一截。现如今，很难说那本书价值几何。不过，我很乐意出 2.5 万英镑把它买回来，再慢慢等着看。

那本书刚从我的办公室离开，它的魅力就再度显现。我当即开始怀念它，而且今天依然如此。唯一的小小补偿是，我总算可以把那本书削价售卖的情况向罗伊·戴维斯汇报，并请他转告泰德，以证明我当初所言不虚。罗伊劝我别老惦记着那本书（这是个好建议），但他确实随后就去德文郡拜访过泰德，并把这件事说给对方听了。显然，这事在他心目中并没有什么大不了的。

A Confederacy of Dunces
John Kennedy Toole

《笨蛋联盟》

  约翰·肯尼迪·图尔的最大悲剧是,他从来不知道自己是约翰·肯尼迪·图尔。我的意思不是说,他是个弃儿,不知道自己的身世或有点儿精神失常。我的意思是,就像文森特·凡·高从不知道自己是文森特·凡·高一样,图尔也不知道,有一天他的名字会变戏法,成为被顶礼膜拜的对象。不过,和图尔相比,即便是一生不幸的凡·高也有一段高产的艺术生涯。虽然凡·高有生之年只卖出过一幅画作,但他毕竟完成了大量令人信服的作品,有理由相信自己总有一天会走红。

肯·图尔——大家习惯上都叫他这个名字——是曾经倍受欢迎的滑稽小说《笨蛋联盟》一书的作者，是数量惊人的南方小说家当中的一员——这立马让人想起玛格丽特·米切尔和哈珀·李，他们一生中都只有一部但属重量级的作品问世。米切尔和李似乎很有自知之明，意识到多数小说家都会江河日下，越写越糟，所以趁着自己风头正劲时就停笔收手了。但图尔的情况却大相径庭，他连生前见到自己的著作印刷出版的机会都不曾有过。由于一直无法找到出版商愿意出版图尔自认为的杰作，他变得越来越沮丧，于1969年自杀身亡。那本书最终如何找到路子印刷成书，可以说是20世纪出版史上最趣味盎然、最悲怆感人，也最振奋人心（可惜有点儿太晚）的一段故事。

图尔小说的主人公，新奥尔良的伊格内修斯·J.赖利，是个臭名昭著、超级肥胖恶心的妈宝男，而且性情像火山似的，动辄怒不可遏，随时搞笑撒泼。他是个异想天开的幻想家，握有中世纪研究的硕士文凭，对20世纪创造发明的一切都深恶痛绝：电视、新款汽车、冷冻食品、发胶、绵羊油护肤品、玻璃纸、塑料、切成小块的建房土地、人造纤维与尼龙、性解放以及民主等。不过，事实上，他热衷于漫画书，爱看电影，而且是快餐的忠实消费者。伊格内修斯·J.赖利肚子里塞满了热狗和牢骚，属于文学史上独一无二的脏话连篇、彻头彻尾的混账人物。他脑满肠肥、令人厌恶,难以算得上是个人:他仿佛就是 W.C. 费尔茨[1]与河马交媾所生的后代。

他也不像许多评论家认为的那样是个反英雄。他根本就算不上英雄,而且小说妙就妙在,虽然多半篇幅都集中于伊格内修斯身上,但是读者几乎不会对他产生一丝一毫的同情。这可很难办到:一般来讲,彻底了解一个人之后就会自然地共情,理解他们的情感,势必会对一个人产生同情。即便是《罪与罚》中的拉斯柯尔尼科夫,在他屠杀了阿廖娜·伊万诺夫娜姐妹之后,躲在公寓门背后恐惧得瑟瑟发抖时,也能唤起读者的一丝羞愧之情。别人的恐惧很容易让我们感同身受。但是趾高气扬、整天沉浸在白日梦中的伊格内修斯则只会令人恶心,即便也会引人发笑。

唯有到小说结尾部分时,图尔才仿佛回光返照,神妙地描写了伊格内修斯从被送往"慈善"精神病院的救护车上成功逃脱,让他赢得我们的击节叫好。尽管他令人恶心,我们终究还是喜欢他保持原来的本性:"精神治疗比什么都要糟糕。我拒绝被洗脑。我绝不要成为行尸走肉!"说得好!我们禁不住叫好,然后他却回过神来,惊讶自己怎么会说出这样的话来。

---

[1] W.C. 费尔茨(1880—1946),美国喜剧明星。

图尔也许只因为这部身后出版的伟大小说而被人们铭记，但事实上他早年编写的未曾发表的作品可数量不菲。1954年，在他16岁时，写了《霓虹圣经》(*The Neon Bible*)，后来他称这本书是"针对南方形形色色的加尔文教派散布的仇恨情绪的一次冷酷而生涩的社会学式打击"。他信心满满地将它投寄给出版社，不料却实实在在地被拒绝了。（不可避免地，当图尔被抬上天的时候，这本书由格罗夫出版社出版了。）紧接着这本小说，他又写了好几个短篇和一些诗作——"鸡零狗碎、头头脚脚的，从未打动过任何编辑"。从杜兰大学毕业后，图尔在哥伦比亚大学拿到了英语文学硕士学位，然后去亨特学院任教过一小段时间，其间还攻读了博士学位。

1961年，他应征入伍，并被派往波多黎各的陆军部队教新兵英语。这种好事也叫他给碰上了：他的日常工作轻松得叫人感到好笑，他还有自己独立的房间、一张书桌和一台打字机。于是他用两年时间写了小说《亨弗利·威尔丁》，亦即后来的《笨蛋联盟》。

更换书名所受到的启迪——仿佛有先见之明一般——来自斯威夫特的一句名言："当世界上出现一个真正的天才时，你可以通过这种迹象去辨识：各式各样的笨蛋会联合起来对付他。"这用作一部南方讽刺小说的题目真是绝妙！它完美地体现了伊格内修斯·J.赖利眼中自己的模样。当然，真要讲的话，这句警语用在作者身上比用在小说主人公身上更加恰切。如果说整个出版界的笨蛋们联合起来共同对付约翰·肯尼迪·图尔，这可能有些夸大其词，但是他们的确都不愿意出版他的这本书。他们的举动实在愚不可及。

悲剧的是，这群笨蛋的首领恰恰是当时德高望重的罗伯特·戈特利布——西蒙与舒斯特出版社的高级编辑。1963年11月发生的肯尼迪总统遇刺事件令图尔无法继续写作。他说："我再也写不了东西了。一切对我而言都毫无趣味。"就这样，他把手稿投寄给西蒙与舒斯特出版社，原因是他们曾经出版过他最喜欢的小说——布鲁斯·杰·弗里德曼的《斯特恩》。虽然图尔对戈特利布一无所知，不过后者算得上是从事这项工作的恰当人选。作为编辑，他精力过人，善于投人所好；独具慧眼，能识别大有前途的好稿子；很有耐心，能与作者一起把稿件修改成形。不管怎么讲，当年正是戈特利布出马，才说服约瑟夫·海勒把《第二十二条军规》写完的。

戈特利布喜欢《笨蛋联盟》一书，不过程度还不够深。故事诙谐有趣，有些人物塑造得栩栩如生，少数几个片段十分搞笑。但是，他也告诉图尔，小说有一个很大的缺陷：尽管它很诙谐，但是到底想要表达什么却不清楚。"换句话就是，你的书必须有一个统摄全篇的核心，一个真正的要点，而不是一味地搞笑，迫使读者费劲地思考。"他还强调说，他很迫切地想与图尔合作，一同修改稿子。

起初，图尔很感动，这种反应即便算不上直截了当的接受，也绝不是断然拒绝。可是，在他自己对稿子进行了大动干戈的改动，再次将它送到戈特利布手中时，对方还是不满意："即便有许多精彩之处，这本书情节有改进（而且还有改进的余地）但还是没有一个充足的理由。是的，它在艺术手法上非常高明卓越，但是不像《第二十二条军规》《母亲的吻》《V》以及其他的小说，它没有真正关注某个核心。这个东西没有什么人能帮忙。当然，作为一名编辑，我总不能说：ّ给它灌注些意义吧。'"

在这封短信中，戈特利布并没有明示那"意义"究竟是什么。我不认为这是形而上的吹毛求疵。这样说吧：阅读《笨蛋联盟》这样一部对南方与现代生活进行辛辣尖锐讽刺的作品，一个极其诙谐好笑的故事，毫无疑问会令人开心，那么，它还缺少什么呢？道德寓意？肯定不是。我猜想，戈特利布要寻找的是连贯全篇的统一性，依照亚里士多德的文艺观来说就是：一个事件要接着一个事件地发生，因为事件之间有这样发展的必然性。然而《笨蛋联盟》（和《堂吉诃德》一样）里的事件不是一件接着一件发生，依照先后顺序、因果关系或其他因素展开，而是每一件事都荒谬地揭示出，伊格内修斯正走在通往自由的下坡路上。这样的脉络对于戈特利布来说也许不怎么样，但对于数百万读者来说，它却显得很了不起。

在长达两年的时间里，图尔对《笨蛋联盟》进行修订、改动，与编辑通信，反反复复地讨论、校订，身心疲惫，一肚子怒火。而其间他是否循照惯例也将书稿投寄给了其他出版社呢？如果他那样做了，那么投寄的又是哪一家出版社呢？这些都不得而知。很显然，书稿曾经被克诺夫出版社拒绝过，具有讽刺意味的是，戈特利布后来跳槽到那里任职了。据说，还有一大帮其他出版社也拒绝过它，不过详情没人知道。图尔承认小说有一定的瑕疵：有点儿像流浪汉小说；也许对伊格内修斯着笔太多了，导致其他角色，如列维夫妇、玛娜夫妇等都失去了活力。他发誓再努力一把，不过他也和朋友们开玩笑说，等到书正式出版那一天，他可能会"老得牙齿都掉光了"。

事实上，图尔正日益消沉，终于，他受不了了，要求戈特利布把手稿还给他。"在那里头有我的灵魂，"他说，"我可不能袖手旁观，任由它朽烂消失。"这种心境既令人钦佩又叫人心惊胆战。1969年3月26日，他把车开到乡间一处荒凉的所在，把一段软管插进汽车的排气管，另一头从车窗塞进车里。当时，他年仅31岁。

图尔一贯坚持，伊格内修斯不是他的自画像，也不是他的另一个自我，可是他确实与图尔的母亲塞尔玛有几分相似之处。图尔太太看上去很怪异,性情古怪,气势咄咄逼人,而且极度自私。如果说这些曾经给图尔带来了一定痛苦的话,那么在他死后,它们却大大帮助了他。根据为图尔作传的热内·普尔·内维尔斯的说法,塞尔玛的"自恋人格"正适合她去推进实现逝去儿子的心愿,也顺带扩张她自己的野心。"她失去了儿子。他令她失望,依此类推,她也算个失败的人。她认为,如果能把她儿子的书出版出来,那么她儿子就是一个成功之人了,她自己也就成功了。"最后,他们都成功了,虽然其中的一个属于"自恋"。

接下来出场的是沃克·珀西。他当时在洛约拉大学任教,也是一位作家,出过一系列广受欢迎的小说,其中最著名的是《爱看电影的人》(*Moviegoer*,1961)。塞尔玛·图尔怎么选上他的,无人知晓,不过她一开始就摆出了不屈不挠的劲头。她给珀西写信,给他打电话,使出各种手段纠缠他。她说,她死去的儿子"写了一本伟大的小说",一本"被埋没的旷世杰作",请珀西一定要读读它。1976年的某一天,她当真跑到了洛约拉大学,闯进珀西的办公室,要求他一定收下那沉甸甸、脏兮兮、卷了角的书稿复写本,并且要立即读起来。

"我为什么要这么做?"珀西质问道,心想:"我花了这么多年,终于练就一种本领,能够巧妙地摆脱各种无谓的纠缠。自己不想做，别人就别想迫使我就范。"但那只是他此前没有碰上塞尔玛·图尔罢了。情况再清楚不过，他与其拼命抵抗，浪费时间，不如立刻就答应了事。他收下书稿，打发走那只臭虫，打开书稿读起来。他后来在该书第一版的序言中回忆说：

> 我只有一个愿望——希望我只要读上几页，就能发现它写得不怎么样，于是我就可以不再读下去，也对得起自己的良心。通常我都是这么做的。说真的，常常读过第一段就足够了。我唯一的担心是，如果这本书没有糟到那种程度，甚或它确实写得好得很，那我可就不得不一直读下去了。

不幸得很，起初他就读了几页，接着他又读了几页，一开始觉得有些好笑，接着被逗引起了兴趣，再往后就满心欢喜了：

> 我敢肯定的是，书写得不能再好了。我禁不住要说，一开始它就让我目瞪口呆，叫我抿嘴窃笑，继而开怀大笑、拍案叫绝……我不想用"喜剧"这个词来形容它——尽管它确实堪称喜剧——因为这个词暗示它不过是本好

笑的书，然而这部小说要远远超越好笑那个层面。称它是福斯塔夫式的无厘头闹剧更恰当，称它是意大利式的即兴喜剧应当更贴切。

于是，寻找出版社的工作重新启动，这一回由珀西充当头号猎手。但直到4年后的1980年，路易斯安那大学出版社才出版了这本书。那是一家合适的出版社，但是在文学出版领域算不上声名卓著。他们愿意出版这本书并不是指望赚钱，而是出于对书稿的赏识。他们和之前的戈特利布想的一样，觉得《笨蛋联盟》不可能有销路。

第二年，《笨蛋联盟》获得了普利策小说奖。转眼间被誉为美国文学中独一无二的喜剧杰作，评论界一片惊呼，既惊又喜。其中也许要数《时代》杂志的评论最简明扼要、最入木三分："如果一本书的价格按照它引发的笑声来定的话，那么《笨蛋联盟》肯定是本年度的超值首选。"

迄今为止，这本书已经被翻译成18种语言出版，销量超过150万册。图尔的传记刚刚面世，根据小说改编的电影正在拍摄之中，安东尼·伯吉斯把它选为心目中20世纪99种最佳小说之一。《笨蛋联盟》的首版本如今已经卖到4000英镑一册——其中许多都有沃克·珀西的签名，无疑，这位仁兄这么做确实当之无愧。毕竟，永远也不会有约翰·肯尼迪·图尔亲笔签名的本子了。

多年以前（当时《笨蛋联盟》的首版本还只有200英镑一册），我曾经买了一本图尔使用过的平装版《芬尼根的守灵夜》（又很快售出了），上面有他工工整整地用蝇头小楷书写的密密麻麻的精辟批语。要是能跟踪寻访当年图尔与大师贴身肉搏的痕迹——也许是为了教学之需，也许只是好玩而已——一定饶有趣味。但是到第155页，眉批中断了，余下的纸张页面整洁如新。这是一个引人入胜、具有象征意味的故事，它让我沉思：如若他没有突然就此中断这项工作，他会如何处置接下来的那些文字呢？他又为什么不能，抑或不愿意把它继续下去呢？

我真希望图尔生前有机会遇到我的文学经纪人，已故的本领超强的贾尔斯·戈登。贾尔斯是一位魅力超群的演说家和辩论家，频繁地受邀到各种文学社团发表演讲。他喜欢热闹，又生性随和，所以经常是各种邀请随叫随到。譬如说在罗维斯托夫特文学之夜（Lowestoft Literary Evening）上大快朵颐，吃鸡肉大餐，或者随便什么地点、什么场合都来者不拒。他告诉我说，有一回，在大吃一顿之后，他照例要起身说几句，会场照常围着一群心情迫切、诚惶诚恐的未来小说家，男男女女，神态全都毕恭毕敬的。他回忆说，大伙儿全都恭恭敬敬地聆听他讲话，但可以察觉，他们之所以在那儿立着，只为了问同一个问题："我该怎样做才能让我的小说出版问世呢？"那腔调就像模仿天才贾尔斯模仿的样子，既牢骚满腹，又满含冤屈。可以想象，众人免不了要问他，难道出版业是一个独门行当，完全由伦敦文坛"黑手党"把持，圈外人别想渗透进来？无论你怎样才华横溢都不成？而他，作为该组织的教父级人物，只要他愿意就肯定能够告诉在场的大伙儿，打进这个封闭圈子的秘密："怎样才能让自己的书早日出版呢？"

通常听到这里，贾尔斯总是朝讲台或桌子稍稍俯下身子，顿一顿，叹口气，把眼镜向下拉一拉，盯着那位向他发问的人。

"很简单，"他说，他的爱丁堡口音仿佛生来就是为了给他展现学富五车、义正词严的风度，"就是写出好东西来！"

他还应该再加上一句："一旦写出来了，你要对它有信心！昂首挺胸！"呜呼！要是约翰·肯尼迪·图尔当年做到这一点就好了。那样的话，《笨蛋联盟》一定已经找到了愿意出版它的出版社，于是乎，紧接着……紧接着怎样？真是个傻问题，这就好像要问济慈，要不是造化弄人，他会创作出怎样的作品来。不过，还真忍不住不问呢。

Brideshead Revisited
Evelyn Wangh

《故园风雨后》

有人说：养狗的人越长越像他养的狗。或许是反过来：狗越长越像养它的人？我不想知道，我从没有养过狗，也没有多看几眼狗的兴趣。但是在我看来，一个看起来更不着边的说法——书会越变越像它的作者——反倒还有点儿靠谱。

且看下面这两部小说：一本出版于1928年，一本出版于1930年。两本书都包着色彩艳丽的护封，封面上画着可爱的卡通风格的插图——散发着诙谐的、天真烂漫的、无忧无虑的气息。画面要传达的显然不仅是书中的内容，还有作者身上的某些东西：如果你得知这两本书的封面都是由作者本人亲手绘制的，这一点就更加清楚了。

第一本书名叫《衰落与瓦解》(*Decline and Fall*)，第二本叫《邪恶的肉身》(*Vile Bodies*)，它们的作者都是伊夫林·沃，而且正是这两本书的问世为他赢得了"20世纪20年代后期聪明的年轻人"的称号。他的第三本书，出版于1944年，则和前面的书截然不同，装帧极为素朴，青灰色硬纸板的封面上，简单地贴着一个标签，写着书名《故园风雨后》(*Brideshead Revisited*)和作者的名字：伊夫林·沃。

当然，沃的书在外表和色调上从早期的明艳转到《故园风雨后》时的色彩阴郁、印刷单调，自然表明作者在性情及自我呈现风格上都发生了巨大变化。《故园风雨后》出版于第二次世界大战即将结束之时，某种程度上是整个年轻一代逐步失去童真的真实记录。他们虽然逃脱了在战壕里出生入死的恐怖，享受过十分短暂而肤浅的快乐时光，但是接着就被第二次世界大战残酷地剥夺了一切。

奇怪的是，这部外表很不起眼的书却是沃印来送给朋友们的礼物，当初只印行了50本。每本书里还夹有一个小纸片，上书语气坚定的严正声明：

> 此版本乃作者私人印行，专供朋友们阅读，绝不可对外发售。查普曼与霍尔出版公司真诚敬告各位，在

1945年初该社出版普通版之前，本书仅限朋友圈内阅读，不得外借传播本书，亦不得在任何媒体发布有关信息。

我喜欢"仅限朋友圈内阅读"这句话中的一语双关：一方面它把朋友严格限制在沃赠送了书的人，另一方面它也暗示着某种特定阶层的人。

我搞不清楚，在珍本书交易中，这个版本的《故园风雨后》究竟该被称作什么。我曾经见有人称它"校样本"，不过它肯定不是，因为"校样本"都是出版商以廉价的方式印制，供出版社内部编辑使用的。它也不能算是"预印版"，尽管它比正规首版本提早了差不多6个月出版，而且后者还经过了修订。它到底是什么？简单地说，它就是《故园风雨后》的首版本，而且这种情况，可以想象得到，是非常罕见的。

许多这一版本的《故园风雨后》还附有一个印制的短笺，向各位朋友致歉，说作者因为战事不能为大家一一签名。然而事实上，我见过的本子中多半都有沃本人题签给朋友的落款。至今，其中最具价值的一本应是题签给格雷厄姆·格林的那一本。

那是1990年的某一天，我接到格林打来的一个电话，他用一贯的调皮口吻问我，是否有兴趣考虑收购他手上那本预先发行的《故园风雨后》，"上面有伊夫林写给我的几句贴心话"。

"那还用说。"我说，丝毫没有迟疑。

"噢……那好。"他回答道，好像我的话叫他感到吃惊似的。（和他打交道真的很有意思。）

"我愿意出 6000 英镑。"我说。干我们这一行，要对方知道你对书的价值了如指掌是很重要的。然而为这样一本书估价可不容易，因为它是独一无二的。同一版本的其他签名本此前卖价都不是很高，但是这一本——签名题赠格林的——一定更炙手可热一些。

他想都没想，回答道："那就这么定了。我会把书给你邮过去。"

除非我能亲手掂量掂量，否则要我给一本书估价真的很费劲。出价事关书的品相、对书的熟悉程度以及瞬间的感觉。《故园风雨后》到达时，我一看，书况甚佳，上面有简单却完美无缺的题签文字（"谨将拙著呈格雷厄姆·格林指正，伊夫林·沃"）。我当即爱上了它，而且随着时间的一天天流逝，我对它的好感与日俱增，不仅如此，它的价值在我看来也越来越高。一开始，我只期待能赚个 1 万英镑——颇为合理的利润——但等我看到它之后，我的期望值立刻上升到 1.2 万英镑。在随后几周里，我一直在心里升高它的价码，仿佛那本书（或者是我的脑子里）装有一个出租车计价器，数字在一刻不停地跳呀跳。

没过多久，那本书以1.6万英镑卖给了一位善本书业界人士。他毫不迟疑地就付了款，这使我心情十分不爽，难道我价格还应该定得再高一点？这在我是经常发生的事情。我把这称作"博蒂定律"（Bertie's Paradox）——根据我儿子10岁时的一项发现命名的。有一天，我高兴地告诉他，我刚刚卖掉一本书，售价1.25万英镑，赚了很大一笔钱。他听后想了一想。

"如果你能以那个价格卖掉它，那我敢跟你打赌，你一定能卖1.3万英镑。"

"很可能。"我承认道。

"那你为什么不卖它1.3万英镑呢？"

"照这样说，"我说，眼见他"孺子可教也"，我十分高兴地摆出一副诲人不倦的姿态，要教他点东西，"如果我能以1.3万英镑卖掉它，那么我肯定也能以1.35万英镑卖掉它？"

博蒂点点头。

"那么照这样说，我也能卖它个1.4万英镑，不是吗？如此这般下去，可就没完没了了。结果光卖这本书就能挣到100万了。"

他看出我到底是什么意思了，又点了点头。

"我懂了，"他说，"可我还是认为，你本该卖它1.3万英镑的！500英镑可是一大笔钱呢！"

在我把《故园风雨后》列入自己的待售书目前，我给格雷厄姆打了个电话，告诉他我给那本书重新估了价，并答应他，一旦书出手，我会实实在在地再给他补一笔钱。

"完全不必，"他说，"当初我们讲定了价格，就意味着我对那价格很满意。至于你能从中大赚一笔，那是你的本事，和我无关。"

太通情达理、太慷慨大方、太聪明了。但他也很心满意足，因为他还有一本《故园风雨后》，是上市销售版的第一版（1945年发行），上头也有一段类似的迷死人的贴心话。我当即提出把它也买下，但这有点儿太得寸进尺了。

"它是我最心爱的书之一，"他说，有点儿酸溜溜的，"而且我还想再读读呢。"我心里暗想：改天我给他寄一本企鹅平装版的书给他读，不就得了？不过我想想还是没有说出口。

《故园风雨后》动笔于1943年，但是由于沃没办法找到完整的时间专心写作，只能在完成各种任务、部队不断换防的间隙挤时间，特别是在南斯拉夫和意大利境内。战争期间，他的日子过得比较太平，多数时候他都在世界各地，和三教九流的朋友四处游荡，忙着找情投意合的游伴和各种山珍海味。即便是处于最佳状态，他也动不动就跳起来，所以他根本算不上是个模范士兵。有一回，他到一个新单位报到还不到24小时,就挨了长官一顿训斥,斥责他晚餐时喝酒喝得太凶,而伊夫林·沃也毫不相让,轻描淡写地回复道,他不明白自己为什么"要为了他的突发奇想,就改变自己毕生的嗜好"。事实上,沃在长官开骂之前就已经朝他裤子上泼了一杯红酒,把局面搞得无法收拾。

正因为如此,当伊夫林·沃向军部提出申请,要求无限期休假以便专心写作小说之时,那些上司都大吃一惊,但沉思片刻之后,立马就批准了。沃的一贯表现让他的请求很有说服力。他是个烂士兵。他指出,自己岁数太大了,技术能力不够,身体机能差劲,管理经验欠缺,言语口才有限,而且老是惦记着文学创作这码事。既然"娱乐消遣能为战争做出合乎情理的贡献这一点如今已经得到广泛认可",那么,沃的持论是,宁可让他做个善于写作的人,也不要叫他做不合格的兵。无论怎么讲,他挑明了说,靠当中尉的那点薪资养活一大家人可太难了。

很难想象今天能凭借这样的辩词从军队脱身,我宁愿相信,当时部队想要摆脱他的迫切心情,就和他想要脱离部队的心情一样强烈。请假被批准了,他很快就跑到德文郡一家旅馆中住下来——他写作时通常这样干,写起了小说《虔信之家》(*The Household of the Faith*),后来改作《故园风雨后》。写这本书对他来说意味着某种全新的开始。文辞较他之前的作品已提升至更高的层次,主题严肃性也达到了新的高度。他一向注重方法,讲究步骤,所以他很清楚自己每天、每周都写了多少。然而,沃也平生第一次开始一边写一边改,这样一来,他的进度很慢,令他很苦恼:"我简直陷入了不断重写的泥沼之中。似乎每一天我都要对前一天完成的部分反复修改,删得短一些。我字斟句酌,变得像老处女似的锱铢必较。"

那年复活节后,他搬到了海德公园酒店,并挂名当了一名记者,为的是可以延长自己的假期。到这时,他的这部"鸿篇巨作"才开始稳定地向前推进。他给自己的文学经纪人A.D.彼得斯报告说,小说写得越来越长,"正变得臃肿不堪"。虽然他最后还是被召回了军队,但是小说创作推进得很顺利,并终于在1944年6月大功告成。

对于最后的成果,沃一反常态地感到喜不自禁。他相信,《故园风雨后》是一部杰作,一部弥散着阴郁的末世论气息的著作,充满着"希望(不是故意布设的),尽管明知前面布满了灾难,但是获得自我救赎的人类的灵魂,终将克服所有的灾难"。书一脱稿,沃就自掏腰包把它送去排印、装订,并将这个限量版送给亲人与密友作为圣诞礼物。

如果说沃有意把《故园风雨后》当作一匹名马,送给至亲好友作礼物,那么获赠的朋友们的职责就是检查它的牙口。

和大多数作家一样,他迫切希望听到各种批评意见,可是当批评真的到来时,他又神经过敏,疑神疑鬼。他特别感激那些针对内容与事实提出的修正意见。比如,罗纳德·诺克斯神父针对小说中那场教堂献祭仪式的细节提了不少意见。南希·米特福德(她很有见地地第一个称赞小说是"经典之作")则帮助他解决了时尚方面的一个问题:"有一个致命的失误,钻石别针是1930年前后才发明的,所以应该是钟形女帽上镶了一枚钻石簪子。"

他更加关心的是众人对于书中比较露骨的性爱场面的反应,其实他写得相当含蓄。描写茱莉亚与查尔斯偷情的那几段让他大伤脑筋:

> 我深深地感觉到,要描写性爱情感而不描写性爱行为是没有意义的。我想自己应该像描写请客吃饭一样,将两性交媾过程巨细无遗地展现出来……就这样,既不太猥亵,也不至于隔靴搔痒,一切让读者去想象。当然,他们不可能达到我这样深刻的程度。

我相当怀疑他的解释:"交媾"(coitions)一词就让他露出马脚了。如果我们再把那几段文字找来看看,问题就更清楚了。当赖德(查尔斯·赖德)初次与茱莉亚做爱之时,沃的描述将作者本人的不安和尴尬展露无遗：

> 我将她占有了，她成了我的情人……在起伏的波涛上，我打开了她狭窄的腰胯……当浪头还在撞击着船首，发出电闪雷鸣之际，占有只是一种象征，一种仪式，一个发源于远古、有着庄严内涵的仪式。

没见得女性在这当中有很多享受啊。怪不得那段风流韵事很快就草草收场。这段文字，正如格雷厄姆·格林点评的那样，真是糟透了。在1960年出版的小说修订版中，这段文字被彻底重写，并有点儿改进。但有人认为，沃此时已不再满足于描写"交媾"场面了，而更愿意亲自上阵。

凯瑟琳·阿斯奎特也有一本预先发行的本子，但是无法读下去。沃的妻子劳拉觉得有几段文字令她颇感尴尬，不过她很聪明，并没有说出来。他那些担任神职的朋友反倒出人意料地支持此书。如果伊夫林·沃一定要描写性行为，它们至少被视作一种圣事。

无论沃对最终的定本持怎样的保留意见，他对于结果还是十分满意的，并为终于大功告成感到释然。"我从没有这样高兴过，"他给劳拉写信说，"我的未来从此无忧无虑了。"他确信这本书是一部杰作，而且公众也认可了。书卖得很火，上市后立马销售一空,可惜因为当时纸张短缺,无法重印。

首版面世后,美国一家"每月一书俱乐部"一下购买了75万册,彻底锁定了沃的"钱途"。有人愿出价15万美元购买小说的电影版权,但沃因为觉得无法掌控电影脚本的改编权而拒绝了。

为了庆祝作品取得的成功,沃请一位名叫帕拉维奇尼的雕塑家为自己塑了一座胸像。可惜的是,那座塑像我一直没能见到。为沃作传的传记家形容它"流露出一种圣公会校长主教的纡尊降贵"。(既是主教又是校长?)沃向劳拉坦白说,他本人十分喜欢它:

> 胸像做得栩栩如生,表情中露出愠怒之色,但非常有力度,像极了贝多芬。你将会拥有一尊这可爱的胸像,所有人都会有一尊,因为我打算请人用铜、陶和铅翻制它,而且走到哪里就带到哪里,就像杰拉德·威尔斯利在旅行途中随身带着他祖先的塑像那样。你可以想象,它给我带来了多少的欢乐和喜悦啊。

如果这话语中不微微带有自嘲意味的话,就有点儿叫人太无法忍受了。当沃终于拿到其中的一尊胸像时,他将它摆放在餐具橱里,还斜斜地戴上一顶帽子,摆出潇洒的模样。

他一向热衷于搞怪，玩荒唐把戏，喜欢拿自己当开涮的对象。

富裕并不完全适合伊夫林·沃：他可以沉迷于个人嗜好，购买豪宅、收集维多利亚时期的物件、拓展个人藏书、为酒窖增添美酒，但他还是怀念当初为了挣钱而辛辛苦苦爬格子的时光，那些时光磨炼了他的心智，使他雄心勃勃，意志坚定锐利。在晚年，变得锐利的是他的脾气，与日俱增的是他身上的势利，他对别人的厌弃也更深了。仅从他战后出版的书的外观就可以看出这种变化。你看晚年那些书的外观设计，没有一本还隐含着他早期作品的欢乐气息，就连《故园风雨后》首版本那种青灰色硬纸封面传递出的庄严肃穆也消失得无影无踪。

The Tale of Peter Rabbit
Beatrix Petter

《彼得兔》

    我怀疑，在我天真无邪的童年时代，我信任他，完全因为他是一位医生。对小孩子来说，医生有一种无可比拟的、叫人镇静的威慑力。他们会往你身上扎针，会叫你痛得哇哇叫，却声称是为了你好。但这里的这个医生与众不同，他会叫你开怀大笑。你想呀，要是这个医生名叫"苏斯先生"，那么会少了多少欢乐刺激？苏斯？即使这个名字也足以迷倒一大批人，因为它听上去仿佛是他自己书中塑造的人物。《苏斯碰见麋鹿》，或者类似的某个名字。

    实际上，他和古灵精一样，都是虚构出来的。他既不是医生，也不叫苏斯。西奥多·盖泽尔的祖父是一名德国移民，他本人1904年出生于马萨诸塞州的斯普林菲尔德。大学毕业于达特茅斯学院，随后去牛津大学学习，在1937年出版自己的第一本书之前，他已经赢得三次奥斯卡奖。他取笔名"苏斯博士"想必就是为了针对像我这样的小朋友。我当年对他的话可是深信不疑，并相信确有其人的。

我对书中那些高妙而色彩艳丽的插图十分钦佩，画中人物那些稀奇古怪的行为令我惊骇不已，比如《戴帽子的猫》的胡闹、疯狂，《乌龟耶特尔》的冒失、浮夸。对我这一辈小孩子来说，苏斯博士不仅是我们最喜爱的作家，简直就是我们心目中唯一的作家，我们从他的书中汲取了许多关于世界的知识。就大多数方面看，那是一个灰暗的、墨守成规的时代，而他的书则是一个大旋涡，里面充满改天换地的能量、无穷无尽的可能、无法无天的人物，然而它又总能在灾难真正降临之前，胸有成竹地化险为夷。那个世界充满欢乐、充满希望，是彻头彻尾美国式的。

在英国，深受儿童爱戴、能够与苏斯相媲美的儿童作家当然要数毕翠克丝·波特，她对于几代英国儿童的深刻影响与我钟爱的苏斯博士对于美国儿童的影响没有丝毫差别。我感到有几分疑虑的是，波特的影响时至今日是否依然强烈——毕竟她1943年就已经去世，而她的处女作《彼得兔》

首版于1901年。现如今，孩子们更感兴趣的是另一个波特——哈利·波特。

波特小姐笔下的世界有一种恬静的、田园牧歌的气息，里头生活着毛茸茸的小动物，像一个个玩具，它们能说会笑，给人安全感，值得信赖。我们可以从她笔下的世界窥见一个早已消逝的昔日英格兰的部分面貌：质朴简单、友好和谐、滑稽离奇、舒适宜人。虽然彼得被农夫麦克格里高尔苦苦追赶，但他总能逃脱，因为波特笔下的自然界从牙齿到爪子都不是血红色的，而是温馨粉色的。她和威廉·华兹华斯一样，是伦敦本地人，她的"大自然"是理想化的、圣洁化的，更多是一种概念而不是现实。两位作家都对英国人的心灵世界有着深刻的影响。英国是世界上唯一一个让人相信在乡间行走不仅能强身健体，而且能修身养性的国家。在世界上的多数国家里，如果你在荒郊野外溜达，不是被小动物叮咬，就是被野兽们吃掉。

整整三代人以来，在整个英国，几乎没有哪个儿童卧室里不放着一个小书架，上头摆满了被翻看得皱巴巴的波特小姐的书，书的封面脏兮兮的，涂满了各种笔迹，而且几乎无一例外地，书里面从头到尾都是胡写乱画的痕迹，诉说着一个个崇拜者的心声。

这就是儿童书的麻烦所在。小孩子总是用脏兮兮的小手摩挲它们，他们喜欢反复听同一个故事，读同一本书，直到能够倒背如流。反复读同一本书是孩子们最爽的事情之一，在这个过程中，孩子们能够感受到世界的循环往复，并获得安全感。可这样一来，对书本身造成的伤害相当于一场谋杀。

因此，等到有人收藏儿童书时——主要属于中年人怀古念旧形式的一种，目的是重新找回童年时代的美好回忆，找到品相端正的本子就近乎不可能。大家都明了毕翠克丝·波特的书看上去是什么模样：每家书店都会看到它们成排地摆在那里，而且开本样式也差不多和当年一模一样。看上去棒极了，同样的封面插图，清新、艳丽，同样的内页印刷，质朴、闪亮。它们当然好看啦，都是新的呀！

可是，当你找着一本差不多100年前出版的波特小姐的首版书，却依然整洁如新，保持着原样时，你就会心里直犯嘀咕，有没有搞错呀？为什么它不像是二手的？难道这书买来是作为礼物送人的，结果却被随手放在一边，没有送出去？为什么不送了？是送礼的人临时决定的？抑或是那个孩子突然离开人世？又或者，接受礼物的这一家礼数太复杂，没有遵照波特小姐的初衷，将这本书当作一个能带给人欢笑的物件，而是将其奉为圣物，诏令家人不得亵玩？无论是什么原因，有一点是肯定的：如果你能找到为数甚少的波特小姐《彼得兔》首版书中的一本，品相也很棒，那它一定价值不菲，而且还会有一大批人追着你买。儿童书收藏家向来都非比寻常地疯狂。

波特小姐的一生非常具有喜剧性,可以被形容为,从维多利亚时代的一种模式转入另一种,然后再转入下一种。她1866年出生,原本是个孤独的孩子,爱在个人幻想世界中寻找寄托,接着成为一个寂寞的老处女,在创作中净化、升华自己的不幸。最后,她完全放弃了艺术创作,沉浸于晚年美满幸福的婚姻生活中。

打波特小姐能够记事时起,她脑子里就塞满了各种故事和图画。她成长于伦敦,拥有舒适优渥的条件,但是由于双亲严厉,令人敬而远之,她并没有受过正规的教育。家里人由着她独立成长,于是她勤奋刻苦地画画、学习。17岁那年,她自己跑去上了12堂油画课。她在日记中写道:"全都差不多,素描、油画、人体,凡是映入眼帘的美丽物体都会激起你无法遏制的画下来的欲望。为什么眼睛看到了还不满足呢?我必须画个不停,无论效果多么糟。"

波特小姐上了瘾似的四处参观画廊、博物馆。从她最初受到的影响可以看出她过人的鉴赏力:她崇拜透纳、理查德·多伊尔和古斯塔夫·多雷,景仰拉斐尔前派"那种忠实地再现自然界细节的、有点儿琐碎但绝对真实的风格"。他们家的朋友、画家密莱司,对她的早年作品十分欣赏,他说:

"会画画的人到处都是,但是你……会自己思考与观察。"

1890年,波特小姐绘制了6张贺卡,寄给德国的出版商希尔德海默与福克纳。让她没想到的是,他们竟然对她的作品很满意,付给她6英镑稿酬,并向她约稿。3年后,她围绕彼得兔和其他动物创作了一系列画作,并汇编成图画书《开心一对》(*A Happy Pair*),由同一家出版社出版了。

然而,波特小姐并没有立志要成为作家或画家那样伟大的人。她早期的许多作品都是写给朋友家孩子的带插图的信,有的是生日祝贺,有的是圣诞贺卡,有的是他们生病时的问候。在那时,在信件中画几幅插图十分常见:刘易斯·卡罗尔、爱德华·里尔,还有后来的约翰·贝杰曼都爱这么做。它们能让收信人开心,写信人也能从中自娱。

兔子彼得最初出现在1893年9月的一封信上,波特小姐那年27岁。信是写给5岁的诺伊尔·摩尔的,他是波特小姐从前的德语教师与朋友安妮·卡特的儿子。有关的故事各位可能耳熟能详了:

> 我不晓得该给你写些什么,所以我就给你讲一个一群小兔子的故事吧,4只兔子的名字分别叫小福、小毛、小白和彼得。他们跟妈妈一起住在一棵大杉树脚下那片沙土坡上。

伴随这个故事的是关于4只兔子的图画,其中漫不经心的小兔彼得占据主要地位。即便在这个雏形中,故事已经包含了毕翠克丝·波特风格成熟期的一切标志性特征,看上去简朴天成,仿佛出自不经意之间。事实可不是这样。

> 我通常的创作方法是信笔去写,然后进行裁剪,然后再改呀改。故事越短、越简单,越好……我认为,为孩子们写作关键在于先想好要说的东西,然后用最简单、直白的语言说出来……我一刻不停地修改、润色、打磨!直到最后一刻。

波特小姐那些小收信人——还有他们的父母——非常喜欢她那些带插图的信件,把那些信妥善地收藏起来,展示给各自的朋友们看,并要求她多给他们写这样的信。这一切足以让一个姑娘想到要把它们拿来出版了。7年后,波特小姐写信给诺伊尔,要了一个小花招,问他是否还保留着她当年那些关于小兔子的信,如果没有丢掉的话,能否借给她用一下。

诺伊尔都留着哪!因此波特小姐要借用没有问题。她很快把故事重写了一遍,又用钢笔新画了一组插图,然后,又画了一幅彩色的卷首插图,内容是兔妈妈给生病的彼得喂菊花茶。波特小姐还用硬纸给它做了封面,取名《彼得兔与麦克格里高尔先生的菜园》，作者H.B.波特。1900年到1901年，她把书稿投寄给了6家出版社，但没有一家有兴趣。其中部分原因也许是，故事太短，印成书太薄，商家没钱可赚。但是波特不信这个邪，她说，她"宁愿创作两三本每本1先令的小书，也不愿创作售价6先令的大书"，因为在她看来，"小兔子们可买不起6先令一本的书"。

波特小姐的解决方法是自行出版。她请人帮着把书中的黑白插图用线条凸版方式翻制出来，把卷前彩图用三色套印方式印出来，就这样，总共印了250本。12月16日这一天，恰逢圣诞假期，印好的书送到了，外面是灰绿色的纸封皮，上面印着4只兔子，书名是《彼得兔》。她送给了许多朋友，成为最理想的圣诞礼物，余下的她半便士一本卖掉了。阿瑟·柯南·道尔是波特小姐的忠实拥趸，也买了一本送给自己的孩子。

那些书几个星期就销售一空。2月，印数约200本的第二版问世。这一版的装订较前一版稍好，封面变成了橄榄绿，文字也做了几处改动。这些书上标的出版日期是"1902年2月"，而第一版的250本上没有标明出版时间。

就在自行印刷的第一批书上市销售之前，伦敦的一家出版公司弗雷德里克·沃恩做出决定，他们愿意出版波特小姐的"古怪精灵的小兔子书"。幸运的是，他们达成的唯一一项协议是，所有的插图必须用彩色。

波特小姐立即开始工作，但还是信心不足，满腹狐疑：

> 我希望，那些图画能画得更好些。我敢说，如果做一些缩减，看上去会更佳。可是我变得有点儿讨厌它们了，我开始觉得，它们真的很糟糕……我弟弟对那些人物没有好气。你和他都当成麦克格里高尔鼻子的地方，其实是他的耳朵，根本不是鼻子。

《彼得兔》的那些原版插图如今保存在弗雷德里克·沃恩的档案柜里。这些年来它们一直保持着极佳的状态，都用薄纸小心翼翼地包着，保存在一个抽屉里。细心检查发现，它们都色彩鲜艳，完好如初，因为水彩画一旦暴露在阳光下，就会褪色。虽然这些画作不可能流入市场，但我想象，它们至少值10万英镑——单单一幅。

虽然作者和出版商都对书的未来没有把握，《彼得兔》还是一炮走红。1902年10月印行了8000册，过了一个月加印了1.2万册，再下个月又加印了8000册。沃恩不断地印呀印呀，公众不断地买啊买啊。兔子彼得几乎一夜之间成为最受儿童喜欢的书中人物。书在出版后不久便受到外界高度赞扬，在美国也有了盗版。在波特小姐36岁这一年，她终于长大成人了。

遗憾的是，彼得——波特小姐最心爱的小宠物——没能活着庆祝波特小姐功成名就。波特小姐在自行印刷的那一版的一本书中写有下面这样一则讣告：

> 深情怀念可怜的老兔彼得，他于1901年1月26日逝世，享年9岁。他是我在欧克斯桥路牧人灌木丛处买来的，当时他正值幼年，贵得离谱，花了我4先令6便士……无论他的智力多么有限，他的毛色、耳朵和脚趾看上去有多难看，他的性情却始终是温顺善良的，他的脾气是绝对讨人喜爱的。他是我忠心的伴侣与娴静的朋友。

同样，由于彼得在书中的各种英勇行为，他也是许多崇拜者（特别是那些拥有可爱的首版书的少数幸运儿）的伴侣与朋友。

在随后的13年里，波特小姐创作了20多本书，始终坚持自己的高标准，绝不妥协。有时，她甚至为了图书的质量与沃恩发生争执。像大多数伟大的儿童作家和大多数伟大的作家那样，她坚持着自己的高标准，因为最吹毛求疵、最苛刻严格的读者就是她自己：

请恕我冒昧，要对我的出版商不中听地教训几句：你们太担心公众意见了，我从没有把它们放在心上。我断定，正是这样的姿态使我能够坚持下去，创作出这一系列作品。多数人在取得一次成功之后，就变得患得患失，唯恐做得不够好，导致他们在随后的创作中抹去了自己的所有棱角。

波特小姐和自己的出版商诺曼·沃恩过从十分密切。虽然她父母极力反对，但他们还是在1905年订婚了。不幸的是，订婚后不到一个月，沃恩就因为白血病撒手人寰。不过，1913年10月，波特小姐和威廉·西里斯结婚了，先生是一名律师，他们是在4年前波特小姐用自己出书挣的钱购买农庄时认识的。那是她一生中最幸福、最心满意足的时光。她在此前的日记里坦告：

> 当今时代注定，许多女性应该过着终身不嫁、自生自灭的生活，我也不敢梦想自己能够对此有所抱怨，但我始终抱着老一辈人的观念：幸福美满的婚姻是一位女性生命中最辉煌的冠冕。

那确实是一段美满幸福的婚姻，西里斯夫人从此再也没有在英国出过书。当然，她的确需要照看庞大的波特制造业：填充动物玩偶、装饰品、布娃娃、玩具、马克杯，还有各种小玩意儿。此外，她还要从事一位乡村贵妇和农牧场主所要完成的工作。

你或许会说，这是多么大的浪费啊！不过，在我看来，这才是波特小姐的生命最圆满的结局。她已经完成了自己最杰出的作品，并从中获得相当可观的利润回报。她孤独地、勇敢地工作着，并一直保持着最高的水准，再继续下去，她除了重复自己过去做过的事情之外，再没有发展空间了。虽然她坚称要保住自己的高水准，但是她后来的作品读来还是有点儿乏味。能够让一代代孩子享受快乐已经足矣，而且这些孩子有数千万之多，操着不同的语言，甚至包括盲文。藏书家在她身上也收获不菲。一册当年自费印刷、限量250本的《彼得兔》首版本，现在的行情是4万英镑，甚至一册弗雷德里克·沃恩版的首印本也价值三四千英镑。（相比较而言，我那个老伙计、首版的《戴帽子的猫》也就约值4000英镑。）

当然，这些报价所指的都是品相上佳的本子。这里有个巧妙的反讽：那些受今日收藏家们青睐的书籍一定不受当初拥有它的孩子们的喜欢；反过来，如果它们深受孩子们的喜爱，那么它们就不可能时至今日依然保持着如此完美的品貌。

Three Stories and
Ten Poems
Ernest Hemingway

《三故事与十首诗》

　　我姑妈米莉森特现在已经退休了,她过去做的是心理分析师这一行。有一次,她十分得意地告诉我,她的病人、牙医伯尼在病床上躺了几年之后,终于向她坦白,他彻底克服了自己对患者的敌对情绪。他还说,最近他告诉了那些"星期三高尔夫俱乐部"的球友(都是牙医)他内心的转变。大家伙儿十分惊诧,惊呼道:这不可能!一个牙医不再讨厌自己的患者,这怎么可能?

　　诸位或许已经察觉我这番话里的某种意图:如果你把上述故事中的"牙医"替换为"珍本书商",把"病人"替换为"顾客",你会发现其中有着同样的心理综合征。我要遗憾地告诉大家,我本人也有这种症状。我并不是说所有的藏书家都有类似问题,但可以肯定,相当一部分藏书家确实是有的。总的来说,他们多半是美国人,腰缠万贯、求书心切。这是一个有着相同性情的可爱集体。但问题是,他们全都追踪寻找同样的珍本书,而且还都希望这些书看上去仿佛是新的。

寻常的二手初版书和完美无缺的首版书价格上常常差别很大,不过到今天,它们的价格差别已经达到近乎荒唐的地步。最近,在纽约的一场拍卖会上,拍卖了一本1923年巴黎出版的欧内斯特·海明威的处女作《三故事与十首诗》(*Three Stories and Ten Poems*),该书保存完好,与新书无异。虽然当年只印行了300本,但是这本书并不很稀罕,只要你有钱,总能买到一册。就在几个月之前,伦敦拍卖过一本,价格是2.2万英镑。可纽约的那一本卖到了差不多7万英镑。为什么相差这么多?说出来叫你不敢相信,原因就在于纽约的那本书上包有一层当年的玻璃纸。注意,不是上面印有文字、图案的书籍护封(它本来就没有),而是那种文具店里用来包裹文具的玻璃纸,就是法国人心爱的既薄又脆、半透明的那种。当年,那本书就是包着它出版的。

尽管那玻璃纸的书衣十分难得,但品相完好的《三故事与十首诗》却并不罕见。据说,大约在20世纪60年代末期的一天，一位突发奇想的美国书探去拜访第戎的达朗蒂埃印刷所，询问是否有"多余的库存书"要出售。结果，迎接他的是一个接一个法国风格的耸肩。这时，突然有个人想起来，忙说，有啊，库房里还有几架子旧书。于是这个跑生意的书探把那些书全买了下来，里面有满满一箱依然散发着书香的《三故事与十首诗》，而对方仅按照当初的定价，2美元一本卖给了他。

就外表看，《三故事与十首诗》是那个年头私人印刷出版的小册子中的完美典范，它有着手工打造的诱人的、铅字排印的灰色封面，而且印刷质量好得惊人。与当今出版的许多常规书籍相比，完全没有那种平淡无味与千篇一律的感觉。

虽然欧内斯特·海明威当时只能算是初来乍到，但已经有许多人知道他的大名。两年前，他带着妻子哈德利来到巴黎，身上揣着给埃兹拉·庞德、格特鲁德·斯泰因和西尔维娅·毕奇的介绍信。他是一个体格健壮、精力旺盛的记者（小熊维尼的朋友跳跳虎的真人版），已经有过散文与诗作问世。斯泰因发现他非常有魅力，而且很高兴他对各种思想，尤其是她本人的思想"兴趣斐然"。没多久，庞德就公开表示，海明威是"世界上最卓越的文体家"。

那个时代，占据文坛主导地位的要么是以弗吉尼亚·伍尔夫和D.H.劳伦斯为代表的繁复文风，要么是格特鲁德·斯泰因和乔伊斯的晦涩难懂的现代主义文风，所以，海明威那种禁欲主义似的简洁似乎拥有一种斧削般的完美。用他的传记作者卡洛斯·贝克的话来说，他的风格"简练、精确，却蕴含着丰富的潜台词；空荡荡、赤裸裸，却有着浓浓的诗意"。

比如说，《三故事与十首诗》中的短篇故事《密歇根北方》的开篇：

> 吉姆·吉尔摩来自加拿大的霍滕斯湾。他从霍顿老头子手中买下了铁匠铺。吉姆身材矮小，肤色黧黑，蓄着大胡子，一双手很大。

崇拜者很喜欢他这些文字中的丰富意蕴，它直接陈述的内容很少，但它既想抑制又想暗示的领域却非常辽阔。这是典型的美国中西部节奏，是一个言辞朴实但感觉敏锐之人的声音，他对语言的修饰性、冗余性没有好感，甚至怀疑语言本身的功能。无疑，这给人很强的冲击，但我始终惊讶，海明威不单单是精巧所能形容的，他找到了适合自己的恰当文风，既能展现又能掩饰自己视野的局限性以及自己内心的隐秘领域。

可是我正在评头论足的是什么人？人人都喜欢他。海明威当年到意大利拜访庞德时，有幸顺道结识了罗伯特·麦克阿蒙和爱德华·奥布赖恩，这两位对他早期事业的成长具有奠基之功。麦克阿蒙是一位侨居国外的美国作家，有一个富有的英国妻子，他当即同意由自己的康塔克特出版公司出版海明威的这本处女作。大家都怀疑，他成立这家公司，是为保证自己的书有个出版场所。奥布赖恩则是一位编辑，编辑出版了一系列的年度美国最佳短篇小说集，他立即答应在当年的集子里收录一篇海明威的小说。奥布赖恩为这个新发现感到震撼，以至于询问海明威能否允许自己将1923年的集子题献给他。海明威激动得瘫倒在地："我向你和上帝郑重发誓，此生再写小说的话，除了你和上帝再不为了任何读者……"

在鄙人微不足道的首版书藏品中，最好的一本就是《三故事与十首诗》，上面有海明威签名赠送给爱德华·J.奥布赖恩的题签。颇为意味深长的是，他的题签正好位于印刷的献词"谨以此书献给哈德利"的正下方："一并将此书献给爱德华·J.奥布赖恩，欧内斯特·海明威敬赠。"这不免让人得出结论，海明威深切感受到奥布赖恩对自己在事业上的知遇之恩，于是造出了第二个题献对象。（我衷心希望，这句题签能使这本书身价倍增，超过拍卖会上发了疯的那本，不过，我对此深表怀疑。）

1924年1月出版的《1923年度最佳短篇小说集》里收

录了海明威的《我的老头儿》。而且，正如奥布赖恩许诺的，他将海明威作为这一卷的唯一题献对象。唯一的问题是，献词是"献给欧内斯特·海门威"（"To Ernest Hemenway"[1]）。鉴于这是在美国发行海明威作品的第一本书，也是他第一次入选作品集，因此这个骇人的错讹真是不可原谅，何况这个纰漏在该书中还重复了好几遍。海明威多年后在《流动的盛宴》中回忆起这段故事时，骄傲地说，奥布赖恩为他打破了一贯原则，将一篇没有公开发表的小说选入年度最佳作品集。他也注意到，自己的姓氏拼写出了错。但是海明威是个讲究实际的家伙，并不喜欢在这件事情上纠缠不休。没几年，他就把自己的不快忘了。1926年，《在我们的时代》在美国首版时，他还在护封上引用了奥布赖恩的一句话。

麦克阿蒙1923年7月印制的300本《三故事与十首诗》每本售价2美元，而且即便书的开本很小（高7英寸，宽4.5英寸），它也不过只有区区55页。其中，有6首诗之前在《诗歌》杂志上发表过，不过那些短篇小说倒是首次发表而且短得惊人。没有人会为那几首诗是否格外好或者它们与那几篇小说有多少关联展开争论，但海明威倒是非常心疼它们。它们就那样摆在那里，像是书籍开篇与结尾部分多出来的几页

---

[1] "海明威"的正确拼写应该是"Hemingway"。

空白，使那些书有像模像样的分量。事实上，3个短篇与10首诗也就是海明威当时手上的全部家当，是他的全部文学作品了。他妻子哈德利把其他的都给弄丢了。

其中的故事已经讲过许多遍，被改编为许多的戏剧与小说，而且还有许多的版本。但事实是明摆着的。1922年11月，哈德利决定到洛桑与海明威会合，他在那里报道和平会议。于是她打包好行李，直奔里昂火车站。她考虑到，也许丈夫会抽空继续写点东西，于是热心地把欧内斯特的文稿也带上了：手写稿、打字稿，以及他所有作品的复写誊印稿（真够蠢的）。其中包括1部长篇小说、11个短篇小说和一些诗。

在火车站候车时，她觉得有点儿渴又有点儿寂寞，就出去买依云矿泉水和英文报纸，招呼一个行李员帮她照看一下行李——这是最善解人意的说法。不一会儿，等她回来时，箱子不见了。等她终于到达洛桑，见到海明威时，她整个人差不多疯了，语无伦次，根本说不清到底发生了什么事。她出轨了？爱上了另外一个家伙？"比那还要糟。"她一把鼻涕一把泪地说。此时，（照海明威一位朋友的说法）他竟然脱口而出，把潜意识里最担心的话说了出来："那么你是跟黑鬼睡上了？老实交代！"

"比那还要糟上一大截。"她抽泣着说，他的手稿全不见了，统统不见了。海明威一下子失魂落魄，立刻搭乘下一班火车回到巴黎，把里昂车站里里外外搜了个遍。一无所获。他的全部心血就此消失了，只余下两个短篇小说没有丢：一个放在抽屉底层，一个寄到一家出版社去了。他当即意识到，丢掉的东西再也无法重写出来了，因为它们"拥有孩童般的抒情气质，如同青春年华般易于消逝、善于欺骗"。按照哈德利的说法就是："我认为他毕生都没有从那次无法挽回的惨痛损失中恢复过来。"有一段时间，他以为自己再也不会动笔写作了。最终，他还是在格特鲁德·斯泰因的强烈建议中重拾信心：重新开始，"埋头向前"！或许这是祸福相依呢。无论怎样，她并不是很欣赏他的早期作品，回头想想看，海明威本人也是如此。后来他在《流动的盛宴》中感慨道："它对我可能是件大好事呢。"

海明威在幸存的两个短篇之外，加入了一篇《不合时宜》，再用10首诗作及许多空白页垫底充数，很快就整理出自己的第一本书。这本书受到了庞德和麦克阿蒙的热情举荐，由第戎的达朗蒂埃印刷，由西尔维娅·毕奇旗下的莎士比亚书店发行。海明威自豪地宣布："当初就是这批人马出版的《尤利西斯》。"

然而，与前一年出版的《尤利西斯》甫一问世就广受关注与热议不同，《三故事与十首诗》出版后几乎无人问津。

唯一的例外大概是海明威的母亲格雷斯。自从儿子少年时代起，她就发现儿子写起东西来有点儿怪异，而且叫她格外惊讶的是，《密歇根北方》中的色鬼竟然用了家里朋友的真名真姓。有几年，她一直禁止儿子的作品进门，并宣称："那本书的每一页文字都叫我恶心得呕出来。"她尤其痛恨《太阳照样升起》，诅咒它是"当年最肮脏的一本书"。这句断语让人生疑，好像她对一切都了如指掌似的。

眼见没有任何有分量的反响，海明威十分沮丧，最后他寄了一本书给美国评论家埃德蒙·威尔逊。威尔逊读后相当喜欢，过了一段时间，在《日暮》杂志上对它捎带点评了几句。不过，这本书无甚反响却无伤大雅：1924年，《在我们的时代》在巴黎问世了，翌年美国版出版，海明威已经走上了康庄大道。随后的几年间，他一直抱怨，说连他本人也没有一本《三故事与十首诗》，可他又肯定不愿意付150美元，按照当时的市价买一本——那"不就像是蛇自己咬自己的尾巴"？拍卖场上首度出现《三故事与十首诗》是在1932年，成交价130美元。自那以后，这本书频繁在拍卖场出现，有时，书上会带有那枚薄薄的、难以捉摸的玻璃纸护封。业界认定，带有那片玻璃纸的书大约要另加5万英镑。显然没有比这更诱人了：一个完美无缺的本子，历经80年沧桑，却丝毫不见时间的痕迹。

在如此完美无缺之书那闪烁的光芒中，我还是要问一句：为什么要这样？对于古董家具，我们因为它表面的痕迹（称其为"光泽"）而尊崇它；对于一幅油画，如果哪位愚蠢的修复员将它修整到仿佛当天才画好的模样，我们必定会骂他个狗血喷头。一件物品必须保持完美无缺的原始状态，这样的批评标准通常只用来评判那些微不足道的小玩意儿，比如邮票、泰迪熊，或其他小玩具。可是书呢？书难道也得这样？

怎么会这样？又因为什么道理呢？一位精神分析师会质问，这背后的病因是什么？因为这种对完美无缺的刻意追求给人的感觉是，这更像是一种病，而不是一种理性的目标。

对这些事我只能算是门外汉，但即便如此也能看出来，这里面有些古怪。无论怎么说，这事情叫我很忧闷，叫我更加容易火冒三丈。朋友们都劝我去找米莉姑妈咨询咨询。

米莉姑妈摆出心理治疗师特有的耐心姿态听完我的陈述。"这里头有好几方面因素纠结在一起，"她深思熟虑后说，"首先，我认为，是初夜权因素在起作用。收藏者可以通过独自一人把玩，从物品纯洁无瑕的品质中获取某种特别的性快感。这个过程会让他——我认为我们此处讨论的都是男性，对不？——与物品之间形成非常亲密的联系。"

在我看来，这挺有道理。

"而且，"她补充道，"通常各种形式的性替代行为也是如此，里面都有大量的恐惧感在作祟……"

"恐惧……？"我问道。

"对于不良名声的恐惧，对于因从事某种非法行为而被逮住的恐惧，这些都是人们羞于败露的……"

"好了吧，姑妈，"我急忙说，"我们只是在讨论藏书……"

"那本书被完美无瑕的护封包裹着，然后又被装在箱子里。这里头肯定涉及预防心态。于是，可以断定，里面有一种对接触传染的病态恐惧，依我看……"

"接触传染？"

"好了，心肝宝贝，"她说（她是一位非常温柔可亲的姑妈），"我们生活的世界对于艾滋病的恐惧差不多和对于衰老的恐惧一样严重。几乎所有人都害怕死亡，都惧怕与别人有性接触，都想要永葆青春。"

"您的意思是……"我惊得目瞪口呆。

"正是！"她说，"人们正是要寻求某种替代行为。于是书成为他们渴望的那种状态的客观体现物，就如同一件护身符能够祛除他们所恐惧的一切一样。所以，你那本小小的海明威著作能够变得如此昂贵。"

"那么？"我满腹心思地问，几乎无法接受这一通解释。

"那么，"她坚定地说，"从心理分析角度看，藏书本身是一种非常理性的行为，而你千万不要被它闹得心烦。"

"多谢啦，姑妈！"我说，"你真帮了我的大忙。我马上就去告诉我那帮朋友！"

"或许我应该把你介绍给伯尼，"她说，"你喜欢打高尔夫，对不？你应该多出去活动活动。"

After Two Years
Graham Greene

《两年之后》

　　珍本书商平日最喜欢玩的游戏之一就是:"我敢打赌你不知道……"这个游戏是各行各业的学究们都爱摆的居高临下、不屑一顾姿态的一种变体。每当发现某本标准参考书搞错或彻底遗漏了某一项我们知道的内容,我们就会格外开心。接下来一定是那句"比如说"。你猜对了。尽人皆知的《剑桥英国文学书目》是最具权威的、最可靠的一本参考书,它记录了成千上万个英国作家所发表的作品。可是在此我很得意地告诉各位,即便是这本令人敬畏的出版物,也漏登了格雷厄姆·格林 1949 年发表的一部作品,名叫《两年之后》。

这件事我可是了如指掌，在此很乐意向各位报告一番。

1989年秋，我频繁地前往昂蒂布，拜访我新认识的朋友格雷厄姆·格林，朝思暮想的目标是，买下他手中那批蔚为壮观的手稿，包括他的旅行记、梦幻日记，以及他写给情人伊冯·克罗耶塔的信件。这真要把我给醉倒了。每当我要说，世界上再也找不到比这更棒的东西的时候，往往就有人拿出一批货色，让我目眩神迷。一天晚上，我驾车载着格雷厄姆去圣保罗德旺斯的金鸽饭店用餐。一路上，他老是焦心地恳求我慢一点，慢一点，就在那个间隙，他突然说："如果你不嫌麻烦，你可以把我写的那些书都拿去，我不想再要了。"我把车子慢了下来。

"所有你写的书？"我问。

"所有的。不过，它们应该都放在我巴黎的公寓里。如果你认为值得跑一趟的话，我就安排人在那里等你。"他双眼紧盯着对面驶来的车辆，脸上的表情没有丝毫变化，但能听出在他的声音里充满着喜悦。他曾经花费大量时间，费尽心机四处搜寻，终成今日之藏书，他当然明白自己刚才的话意味着什么。

我当时心里的想法有点儿缺乏想象力：我第一反应是，都是带护封的书吗？现如今，《布赖顿棒糖》(*Brighton Rock*)几乎找不到带护封的本子了，那时候它也值5000英镑一本，而我最近看到一个本子已经十倍于斯。《黄昏的谣言》(*Rumour at Nightfall*)则要更加罕见，虽然价码不如前一本。格林会把自己的书都保管得完好如初吗？我心里本应有一本账的。那时，我对他位于昂蒂布的图书室可谓是再熟悉不过，也亲眼见过他收藏的那些维多利亚时期的侦探小说。他非常重视书的稀罕度，对版本变化也十分在行，但他从来不在乎书况。如果他收藏的书属于此种情形，那么他对于自己写的书不也一定是如此吗？

两个星期后，我在格林的法国文学经纪人陪同下，来到他位于马勒塞尔布大道的公寓。我站在他的卧室里，盯着一个壁橱看，里面散散漫漫地摆放着的，不是格林的内裤，而是格林所著的各种作品。一目了然的是——珍本书商有本领一瞥便知货品好坏——我注定要失望了。那两本关键性的书上没有护封。和大多数专收格林书的收藏者一样，他手上的那些容易寻见的本子都是带护封的[《身陷其中》(*The Man Within*)、《斯坦布尔列车》(*Stamboul Train*)、《这是战场》(*It's a Battlefield*)]，而那些真正难寻的珍本却没有。

失望只持续了片刻，就像许多一心盼望生个男孩的父亲突然发现自己新生的女儿竟然是个美人坯子。因为就在壁橱的一角躲着一本，不，是各有两本格林最罕为人知的书，《两年之后》与《圣诞小札》(*For Christmas*)，即便是格林著作目录的作者沃伯也没有注意到它们的存在。我之前隐隐约约听说过它们，但却想不起来是在什么时候什么地方听说的。这两本书由罗塞欧出版社印行，各印了25本和12本。知道这两本诗歌小册子的人为数不多，这使得它们成了稀世珍品。似乎无人知晓它们的情况。

罗塞欧出版社总共也只出过这两本书。出版社的名称源自格林购置的阿纳卡普里的别墅，那是他1948年用自己参与电影《第三人》(*The Third Man*)编制工作所得的3000英镑买下的。那幢别墅专供他时不时和情妇凯瑟琳·沃斯顿同居之用。凯瑟琳是个美国丽人，嫁给了英国工党元老哈里·沃斯顿，她后来成了《恋情的终结》(*The End of the Affair*)一书女主人公萨拉的原型，而且该书题献对象也正是她（写的是"C"）。

摆在格林卧室壁橱里的那些本子都是每本书编号的第1号（格林自己的本子，书后空白页上都附有一首手书小诗），与第2号（凯瑟琳·沃斯顿的本子，上有她手书的题献给格林的充满柔情蜜意的长篇文字）。尽管那些白色封皮印制素朴，外表端庄，但是内容却充满"深情"（格林最喜欢用的一个词），当然那些诗却读来无甚印象。出于对老朋友的尊重，以及对读者审美品位的尊敬，我不打算在此援引那些诗作了。只要说，那些诗句真诚、充满爱意、直来直去，而且纯属私房话就够了。相当甜蜜动人，真的。你可以通过欣赏他同时期写的、表达同一主题的另外一首诗来窥其一斑。这首诗后来被格林收于诗集《回眸一瞥》（*A Quick Look Behind*），于1983年出版：

> 我相信爱情只能突然，
> 源于万里晴空外；
> 我不相信友情会慢慢萌发生长，
> 或许有人会问："为什么？"
> 因为爱情来得凶猛，突然，像战争一触即发，
> 我不能理解有一种爱情会慢慢滋长，
> 又缓缓消退却不留疤痕。

当然，伤痕可不算少——而且不仅仅是格林不时用香烟头在自己身上烙下的那种。在他们俩传出绯闻之初，即1947年初的某个时候，格林正与妻子维维安带着两个年幼的孩子住在牛津，一边与伦敦的多萝西·格罗夫保持着长期的情人关系。随着凯瑟琳的出现（她育有5个孩子），格林的生活变得日益动荡不安起来。格罗夫跟他大吵大闹，最后还是放弃了。11月，格林弃维维安而去。

在惹出这许多感情纠葛的情况下，他还有心情写诗恭维

自己的新情人，即便只是不多的几首，也真是既愚蠢又无情。格林后来对我说："我记得我们不曾拿它们去送人的。"格林和凯瑟琳彼此互赠了一本，而《两年之后》的编号第3号送给了凯瑟琳的大姐邦蒂·杜兰。在格林与凯瑟琳相恋期间，她是他们最重要的闺房密友。书上的献词是这样写的："赠邦蒂，并奉上我们二人的至爱。格雷厄姆。"那本书2000年2月在苏富比拍卖行以1.8万英镑的价格拍出，这个价格比当时一册品相上佳、带护封的《布赖顿棒糖》的售价要便宜出老大一截。但是珍本书市场就喜欢盯着那些所谓的"大牌书"不放——那些明摆着的珍本书，品相上佳会更受青睐，鲜见有几个藏书家在今天还有那种道行，会花上一大笔钱买一本类似于《两年之后》这样名不见经传的小书。

这本书并不只是一本名不见经传的小书，更是一本格外稀罕的书，堪称格林所有著作中最罕见的一本。我当时有点儿贪得无厌，把那两套书都给拖走了。我有点儿不好意思，勉强征询了格林的意见，他是否希望自己能留下一套？

他思考了片刻。

"不了。我现在不需要它们了。"

我立马把它们连同其他书一起包好，当晚就带着它们返回了英国，唯恐格林再看见它们会改变主意。我有点儿担心过了头。他一旦同意了一桩买卖或下定决心做一件事，他就

177

绝不再动摇，绝不改变主意。不管怎么说，他与凯瑟琳分手已经是十多年以前的事，而且他生命中最后一位爱人伊冯·克罗耶塔当时就坐在他身旁。她似乎对他的这项决定窃喜不已。

不过，当她明白格林有意要我买下这些年来他写给她的那些信件时，她就有点儿高兴不起来了。她忐忑不安地问：这样的买卖是否真正慎重得体？不可能，我答道，这谁也说不准——你可以把这些材料卖给世界上最审慎可靠的人，可是他某一天出门被公车给轧死了，于是他的孀妻把它们送到了苏富比拍卖行……

"别担心这些，"格雷厄姆说，"不会有问题的。"伊冯忐忑不安地让步了，于是我给她开了一张价值不菲的支票。看到它，她的情绪明显缓解了许多。一些年后，那批信件被静悄悄地转手出卖了，可她还是听说了此事，立刻大发雷霆，因为这样一来就意味着信件有可能落入格林的传记作者诺曼·谢利之手。谢利曾经把凯瑟琳·沃斯顿的事情一股脑儿兜了个底朝天，肯定也会给她来个大揭底。

凯瑟琳·克朗普顿·沃斯顿出生于美国，有一位美国母亲和一位英国父亲，自小成长于舒适的环境中。到十几岁时，她已经出落成一个沉鱼落雁的大美人，放浪不羁、无拘无束。

18岁时，她遇见了哈里·沃斯顿，一位沉默寡言却门当户对的英国单身汉。不到3天，他们就订了婚。到他们结婚那天，她已经知道，自己并不爱他，但还是嫁给了他。毫不奇怪，不久，他们的婚姻在情感与肉体两方面都破裂了。不过，哈里依然爱她，并默认她那些隔三岔五的婚外情，以期对方能够有所节制，能够回心转意。但她并没有，凯瑟琳（当时还是沃斯顿夫人）照样招蜂引蝶，艳名远扬：马尔科姆·马格里吉[1]直称她是"无情红颜"。

婚后第12年，凯瑟琳盯上了格雷厄姆·格林，她说正是他的小说激发了她皈依天主教的念头。1946年，凯瑟琳写信给小说家，询问他是否愿意做她的教父——这层关系终将难逃乱伦的指控。而我宁愿相信，她从一开始就有这样的企图。为凯瑟琳施洗的牧师清楚地记得："她注定不会守贞，却又十分虔心。"他没有再说下去，但下面这个念头一定曾闪过他的心头：这个女人和格雷厄姆·格林真是绝配。

格林答应了凯瑟琳的请求，不过在她正式受洗那天，却要维维安去了现场观礼。从现存的所有资料看，维维安从一开始就对这个新教女十分反感。她太有钱了，太爱赶时髦，太风骚性感。"我认为，"维维安回忆道，"她根本就是冲着他来的。真是直截了当，一抓就准。"

确实不难：格林就等在那里，让她来抓，而且他还穷追

---

[1] 马尔科姆·马格里吉（1903—1990），英国记者、作家、著名媒体人。

不舍呢。像世间所有的"红颜祸水"一样，凯瑟琳技艺娴熟地向对方表明，她需要（和爱）他的程度要远逊于他需要和爱她的程度。虽然这对男女在一起消磨了许多时光，起初在爱尔兰一处偏僻简陋的爱巢，随后移居阿纳卡普里，但是格林始终对两人的恋情缺少安全感。凯瑟琳会不时地钓上其他情人，而面对格林的妒忌，她的反应不过是说，如果他也这么干，她是不会反对的。凯瑟琳的天主教信仰正好为这段婚外情提供了忏悔的理由——这种悔恨能为他们的恋情增光添彩，同时又能彻底颠覆这恋情的根基。

可这两者都不能让格林置身恋情之中并保持自如的心态。凯瑟琳自由放浪，浑身散发出一种维维安与多萝西都无可匹敌的风骚劲儿，令格林日益无法自拔。鬼迷心窍并最终抛妻弃子的格林，自然落下骂名。"在遇上沃斯顿夫人之前，"维维安回忆说，"他一贯是个柔情蜜意的人……自那以后，他简直换了个人。她对他施加了非常恶劣的影响——他对孩子们漠不关心，动不动就勃然大怒，脾气坏透了。"好吧，她当然会这么说。但不仅如此，格林的弟弟休也深有同感。凯瑟琳也在他与哥哥之间的关系上瞎掺和。"她不喜欢我，我也不喜欢她。"他说，"格雷厄姆自打交往上她之后变得冷漠多了，越发不好相处。这全都是凯瑟琳·沃斯顿的错。"

像普天下绝大多数的婚外情一样，结局在一开始就已经注定。他们的恋情终究要灰飞烟灭。凯瑟琳几次想要与格林分手，每当他不在身边的时候，她就会转而寻求其他的消遣，以觅得引导与安慰。这令远在他处的格林感到威胁与心惊肉跳，有一次，他在信中写道："我爱你并信任你，也希望那些牧师与各种臭狗屎不要趁我不在对你施加压力与影响。"但是，他所谓的"那些牧师与各种臭狗屎"实质上都是良心的代言人，是她自由选择的。彼此的分手只不过是个时间问题。颇有意思的是，就在这个时候，格林向他的母亲坦白说，他已经厌倦了阿纳卡普里，准备卖掉罗塞欧别墅。他准备以此作为象征，告别过去，走向新生活。罗塞欧出版社就此再没有出版过任何哪怕是一本小书。

4年时间不到，凯瑟琳就觉得受够了。格林想要继续下去，甚至1951年还假心假意地提出结婚。但是，凯瑟琳日益增长的疑窦，外加她丈夫提出了最后通牒，要求她离开情夫，这两者结合到一起，使他们的恋情加速走向终结。3月，格林心怀希望地将《恋情的终结》一书的手稿赠送给凯瑟琳，作为分手礼物："我爱你，可我是个大浑蛋，有此手稿为证，我已经与你结合。再和我一起多待上一两年吧。格雷厄姆敬笔。"

正是从这部卓越的小说中，我们读到了本德里克斯与萨拉的故事——伦敦文学圈中人一眼就看出他们就是格林与凯瑟琳，而且这书也成为他们之间走过之路的可靠记录。与《两年之后》不同，这本书发行量很大，而且尽管凯瑟琳面对自己私情的曝光既勇敢又自豪，但是她的家人还有格林的家人，却感觉深受侮辱，对之怒不可遏。从他们的角度看，这本书最好与《两年之后》一样，私人印刷，限量发行才好。不过，《两年之后》限量发行是明智的，对文学亦无损失可言，可那部小说就不同了，它不但值得大量发行，而且即使对一些人造成伤害也在所不惜。如今，被这部小说援引为原型而受伤的人们都已经离开人世，可是一代代读者还能继续从小说中领略到欢乐。《恋情的终结》，不足为奇的是，格外受到女性读者欢迎——据此事实，格林在我的那册书上别别扭扭地题词道："一本深受女人喜爱的书。"

1994年8月，我自费印行了一个小册子——为了庆祝自己的生日——由立狮出版社的塞巴斯蒂安·卡特为我精心排印，书名叫作《杰寇斯基：人生头50年》。限量印刷了50本——自然应该如此——送给亲人与朋友。书里收录的都是一些杂七杂八的感想与闲言碎语，无论是在这里或是别的什么地方，我都不想引述其中的话。写那本小册子、分送给众人都只在那个特定时刻才有意义；它令我开心不已，令我的朋友们跟着小乐了一番；我永远也不会更大范围地发表它。我从没有把它当一本书看：它不过是一份印刷的礼物。同样，我怀疑，格雷厄姆·格林也从不把《两年之后》当作自己的一本书，当作自己全部作品的一分子，相反，他只把它当作自己生命中的一段纹理。只有那些书呆子才会不辞劳苦，要拯救这类书，要皓首穷经地从中发掘出超越作者原意的微言大义来。格林著作目录的编著者，或者他的传记作者，抑或那本端庄威严的《剑桥英国文学书目》，全都不把格林那本自费印刷、献给情人的诗歌小册子放在眼里。把这一切唠唠叨叨地说给你们听，真叫我有些不自在，可我又实在忍不住：我知道其中的底细，可你们之前（十有八九）并不知晓。

Animal Farm
George Orwell

《动物农场》

英国有一本专门的讽刺杂志《私家侦探》(*Private Eye*),上面辟有一个栏目叫《假话角》,专门摘录前一周坊间各种出版物上发表的假大空文章。有一次,我的一篇文章被它转载了,内容来自我印行的待售图书目录第 3 号第 124 条(1983 年出版),是对乔治·奥威尔一封书信的介绍。那封信内容如下:"亲爱的先生,阁下 10 月 11 日的信已由他处辗转递达我手中。至于你想要索取的我的签名,谨见下方署名。乔·奥威尔敬笔。"这封信卖了 275 英镑,价格并不算贵,因为奥威尔的信虽然非同小可,但都像公文似的。我在目录上为它撰写的说明文字如下(《私家侦探》予以全文照录):"这封信只是寥寥数语,迹近自戕,但在敝人看来,它代表了典型的奥威尔风格。"

从上述情况可以认定下面的事实:一、我的确是一个假大空的人;二、就我个人意见,那一小段文字很是干爽有趣。奥威尔在陌生人面前一向沉默寡言,礼貌有加,尽管在这封信中,不大能体现出这两种个性特点,而且还带有一点怒气冲冲的情绪。他不喜欢签名赠书,也不喜欢给别人签名,这从他给索要签名者的回复可以看出。在珍本书世界里,他的签名本难得一见:在那封信之后的20年里,我经手过的奥威尔书信只不过两三封而已,签名本书籍不过四五本。尽管他的签名本难得一见,但是卖起来也不容易,因为奥威尔收藏家们都对带护封的书更感兴趣,而——请恕我这么说——真正要紧的东西不感兴趣。

在奥威尔的所有著作中,《1984》是最难找到作者签名本的,原因在于这本书出版于1951年1月,离作者去世不过几个月时间。在过去这25年间,我还从没有在市场上见过一本呢,唯一见过的一本是在伊顿公学学校图书馆,是奥威尔签名赠送给雷纳尔·赫本斯达尔[1]的。如果说世界上还有

---

[1] 雷纳尔·赫本斯达尔(1911—1981),英国小说家,诗人,其小说创作颇受法国"新小说"的影响。

一本在价值上与此相近的本子,并且有人拿出来出售,我敢断定,它肯定能值3万英镑(一本品相不错、带有护封的首版书不过值3000英镑)。

然而,声名同样卓著的《动物农场》(*Animal Farm*)一书的签名本就要寻常许多。该书当初的首印本是4500册,两周后又加印了1万册。业界有人经手过四本该书的签名本:其中有一本是首版(题赠给马尔科姆·马格里吉的),另外三本(其中有一本是赠给阿瑟·柯斯勒[1]的)则是首版加印本。出人意料的是,这本意在讽刺苏维埃极端行为的佳作,当初曾经被多家出版社几次三番地拒之门外,致使奥威尔一度考虑自费出版,后来却成为他的第一部畅销之书。当该书1946年在美国出版时,一次印数就达到5万本,而且不到4年时间,就已经售出了50多万本。

从《巴黎、伦敦落魄记》(*Down and Out in Paris and London*)开始,奥威尔20世纪30年代创作的一系列小说销量都比较一般,而他也被定位是一位眼力锐利的社会评论家,所涉及的范围极广,从肯特郡到缅甸到加泰罗尼亚。他的那些书在写法与观点上令人耳目一新,充满智慧,容易激起人们的情感共鸣,当然他的那些人物也有局限,常常只是创造

---

[1] 阿瑟·柯斯勒(1905—1983),匈牙利作家,代表作有《正午的黑暗》等。

他们的环境的产物。尽管我非常欣赏他的作品，但在我心目中，他从来不是一个纯正的小说家。他那些作品更像是某种介乎于自传、新闻报道与散文小说之间的，闪烁着智慧光芒的混合文体作品。他这个时期发表作品的情况可以证明这一点。在《动物农场》出版之前，奥威尔有6年时间没有发表过小说，主要集中精力于英国广播公司的工作，担任《论坛报》的文学编辑，同时还创作了一系列的散文与评论作品，内容涵括从政治到文学的各种话题。

1943年末，当想要写小说的欲望在他心头再度升起时，他内心中琢磨的不是一部小说，而是一个篇幅不大的寓言故事，描写的是一群农场牲畜的生活，它们在一群极其聪明能干的猪的统治下，在农场实行集体农庄制度。

写这本书只花了区区几个月的时间，在写作期间，奥威尔曾对一位朋友说："这本书出版后，会是一个令你捧腹的幽默小品。"然而不出他所料，寻找愿意出版这本书的出版商颇花了一段时间。维克多·戈兰茨之前曾经出版了奥威尔的绝大部分作品，而且对于奥威尔接下来的两本小说新作拥有优先签约权，但他却不喜欢这本书中显而易见的反斯大林主义立场。"当年我们可不能出版那本书，"日后，戈兰茨解释说，"当时，苏联人民正在斯大林格勒为我们浴血奋战，让我们免于肝脑涂地。"他当即拒绝了，同样，乔纳森·凯普、尼柯尔森与沃森两家出版社也都拒绝出版它。

是年6月，奥威尔把书稿送至费伯出版社的编辑T.S.艾略特处，这时的书稿因奥威尔居住的莫蒂默新月楼公寓被敌人的空袭炮弹击中而被烧得浑身焦黑、遍体鳞伤。奥威尔随书稿附了一段说明：

> 若阁下能亲自阅读这部书稿，必将会发现它那不大被眼下众人所接受的意义……凯普出版社和MOI[1]（情报部）提出建议，要我把猪改换为其他动物……对这项愚蠢低级的建议我当然不能接受，我不会对其做任何改动。

艾略特对此完全赞同：把猪换掉？真是胡闹。他坚持说，奥威尔所要做的只是改变它们的本性。他欣赏那本著作，但对其政治立场感到怀疑："你的那些猪比其他动物要聪明许多，因而也最有资格管理农场……你所需要的（有人也许会说）是更多具有为公众服务精神的猪。"

迈克尔·谢尔登[2]曾撰写过奥威尔传记，他认为，艾略特的话"完全偏离了该书的主题"，假如他的断语是正确的，

---

[1] 指情报部（Ministry of Information）。
[2] 迈克尔·谢尔登（1951—），美国著名传记作家，专栏作家，代表作有乔治·奥威尔传记、格雷厄姆·格林传记等。

那么这也一定是天底下头一遭有人这么说。

然而，在艾略特看来，完全信赖一切均等式的社会运行机制是徒劳的，它只能让聪明的猪与任劳任怨却愚笨的绵羊共享同等的权利。然而，一个文化的首要任务是，找出他们当中最强悍能干而生性善良的人，并听从他来领导他们。因而，牲畜们的错误在于选择"雪球"（委员会形式的托洛茨基）和冷酷无情的"拿破仑"（斯大林）当领袖，而不是那些"具有为公众服务精神"的猪。当然，猪是否具有这样的善良之心，又该如何从中选出具有这样品质的猪，这才是问题的关键所在。

奥威尔感到心灰意冷，不久便写信给他的文学经纪人莱纳德·摩尔，告诉他自己正考虑自费出版这本小册子，定价2先令。他将残存的唯一希望寄托在弗雷德·沃伯格身上，沃伯格1938年曾出版过奥威尔的《向加泰罗尼亚致敬》一书，也许愿意出版这本书。沃伯格比起维克多·戈兰茨而言，对《动物农场》的政治姿态更感同身受，于是迅速就答应出版它，不过条件是能找到足够的纸张供应。10月初，纸张短缺问题解决了，出版商与作者谈妥条件，索性连书面协议都不签就定了下来。奥威尔将88英镑的预付版税收入囊中。

整个出版过程进展异常缓慢，特别是对于一本篇幅如此之小的书就更是如此（首版只有92页而已）。奥威尔心知肚明，沃伯格是在拖延，希望等战争结束后再出版；到那时，一本

含有攻击战争时期重要盟友内容的书就不会再引起众人的愤怒了。作为一种妥协,奥威尔利用这段时间对书稿进行了一番重大改动:

> 在第8章(我想应该是第8章),当风车爆炸时,我写道:"所有的牲畜,包括拿破仑都背过脸去。"我希望能把它改作:"所有的牲畜,除了拿破仑"……我刚刚想到,这样一改应该对 J.S.[1] 公平些,因为在德军进攻时,他确实待在莫斯科。

于是,《动物农场》在诸多细节上再清楚不过地表明了其攻击俄国共产主义的立场。不过,奥威尔却坚持说,小说还有更加广泛的意旨。他构思该寓言是为攻击那种"应声虫"心态——那些为宣传口号与政治上的花言巧语所蒙蔽、所挟持的人与文化。他注意到,任何一种文化都可能沦落为愚民政策的牺牲品;根本要务是抵制这种愚民式的灌输,"无论对当前正在上演的一切同意与否"。

因此,这个讽刺寓言讽刺的目标不仅对准了斯大林领导下的苏联,而且还有许多阅读这篇寓言的读者。对于20世

---

[1] 即约瑟夫·斯大林(Joseph Stalin)的首字母缩写。

纪30年代的英国社会主义者来说，苏联曾经是引领社会与经济平等之希望的明灯。

但是，尽管《动物农场》的讽刺面如此之广，它还是出乎意料地获得了广泛好评和格外良好的销路。显然，奥威尔把自己的政治讽刺改造成一个寓言是非常明智的。从形式上讲，用动物打比方，可以简化、抽象化、拓展潜在的读者群，使得原本难以入口的或索然无味的事实真相变得润滑爽口，而且，就本作品来说，变得格外诱人。该书文笔典雅，带有比奥威尔其他作品更多的机智趣味，令那些本来从未想要阅读这样的政治话题小册子的读者大为喜欢。甚至即便艾略特本人不愿意出版这本书，但他也不得不让步，承认"这个寓言写作技巧非常高超，其叙事手法让人心无旁骛——这可是自从《格列佛游记》以来几乎从未有人达到的高度"。

奥威尔很少公开评点自己的作品，但是对《动物农场》这本书他破了例，并且他的点评非常具有他诡谲离奇的个人风格。1947年，当该书的乌克兰语译本出版时，奥威尔利用这个时机，补写了一篇序言，他写道，自己渴望能揭露"苏维埃神话对于西方社会主义运动的负面影响"。（不过，为什么唯独值得在乌克兰语版本上做这样的解释却无从得知。）他提醒读者说（他的乌克兰语读者？），在这本书里包含了特别的政治观点：

我不想对作品加以评说；如果作品本身不能说出它想要说的一切，那么它就失败了。然而我还是要强调两点：首先，尽管书中各种情节都取自苏联革命的真实历史事件，但是都做了图解式的处理，先后顺序也做了调整……第二点则绝大部分批评家都忽略了，可能是由于我没有予以足够的强调。有一些读者读完书之后的印象是，小说以猪与人类最后达成彻底和解而结束。其实我的本意并非如此，相反，我是在德黑兰会议的余音中动笔写这本书的，当时，所有人都认为，会上，苏联与西方就彼此关系构筑了最佳方案……我个人认为，这种投合的关系不会长久，各种事实也证明，我的话并没有错得太离谱。

我一直惊讶得很，这个乌克兰语版本《动物农场》在藏书界并没有受到高度追捧。在过去几年里，我曾经经手过两三本，售价从没有超过125英镑一本，尽管和英语首版相比，它们要稀缺得多（可品相端正的英语首版售价能达到3000英镑）。当前在互联网上只有一本乌克兰语首版在售，标价300英镑，同时却有20多本英语首版在售，标价都比乌克兰语本子要贵。虽然网上的那本乌克兰语首版书况良好，我却不打算买下它存起来。奥威尔收藏家群体并不是很大，且都是些缺乏想象力的人，对书目版本怪物不屑一顾。你或许会想，某个有魄力的图书馆会买下这个乌克兰语版本，可是，由于那篇序言在奥威尔的《散文、通讯与书信汇编》中重印了，所以即便是藏书机构也对它无甚兴趣了。

然而，我的朋友，出版家、作家、藏书家汤姆·罗森塔尔却拥有一本乌克兰语的《动物农场》，而且还有（他自豪地指出）一本未被登记在案的拉脱维亚语译本。由于后面这本在著述目录中没有记录，他已经将它捐赠给伦敦大学学院的奥威尔档案馆。他是一个令人尊重的例外，简直是对我的警告——我一向鄙视奥威尔收藏家，以为他们不过是一群金钱拜物教教徒。不仅如此，他还幸运地藏有一本弗雷德·沃伯格生前收藏过、有奥威尔亲笔签名的《动物农场》。我一直想方设法要从他那里买下这本书，但是（很精明的）他始终不肯放手。

可悲的是，专攻某一位作家作品收藏的收藏家在今天已经为数不多了。近些年，就说20年前吧，有相当多的收藏家一心想要包揽某位作家的所有作品：单本著作、文集中的文章、报纸和杂志上发表的文章、即兴创作的零零碎碎的篇章等。有一些这样的沉迷者甚至收集各种译本，以及他们所钟爱作家的作品的再版本、重印本。如果你有财力，也有眼力，你尽可以把作家的各种手稿、他的往来书信、别人提到他的各种书信，还有他生前的藏书都列入收藏计划。这是爱的付出，这是一项比单纯地网罗某些最闻名天下之书的绝佳版本更加耗时耗力的工程：为的是绝无仅有而不是稀罕；为的是研究品味，而不是外在的物质或商业价值。

奥威尔是一个值得做深层次收藏的绝佳范例，因为他有许多作品发表在报纸上、小型杂志上，以及英国广播公司的广播稿里。吉里安·芬威柯在奥威尔标准索引书目上对此做了精彩描述，但据我所知，还没有一位藏书家有足够的财力、眼光和耐心（书架上的空间就更少了），来尝试实现一个真正完备的奥威尔收藏的目标。真是惭愧。这可比花费大笔钱财去把手中的本子升级为护封更加漂亮的本子要有意义得多，而且这样一来，如能把奥威尔的有关资料收集齐整，成为一个完整的资料库，它将会成为价值斐然的学术宝库。藏书并不一定非要是一种占有、一种投资；它也涉及鉴赏力：将学术性、创造性、实用性三者结合，把有关物品收集在一起，既能让物品彰显其价值，又能激发他人的兴趣。要做到这一点你需要懂得很多，还要有精妙的辨别力。在当今岁月里，这些可都是罕有的品质。

Poems (1919)

T.S. Eliot

《诗集》（1919年版）

　　如果这本精巧的小书上没有一枚印有书名的标签，你一定会错把它当作一幅油画。之所以当它是一幅油画，我猜想，是因为它本身就是如此，而且那位画家的功力绝不在罗杰·弗莱[1]之下。他还手工设计并制作了封面所使用的大理石纹路纸张。封面底色是黄、橙、棕三色彼此混杂、缠绕在一起形成的旋涡，极其繁复抽象，在这背景上，有一条鲜亮的绿色从

---

[1] 罗杰·弗莱（1866—1934），英国画家与艺术评论家，布鲁姆斯伯里集团成员之一。

上而下自然滴落，酷似杰克逊·波洛克[1]的画风。封面妙不可言，令人为之倾倒，在我最喜欢的20世纪书籍中名列第二。然而那枚贴在上面的标签暴露了它的真实身份：一本仅有寥寥数页的《诗集》，作者是T.S.艾略特，1919年由弗吉尼亚与莱纳德·伍尔夫夫妇开办的霍加斯出版社手工印制并发行。

由于这本书实在是抓人眼球，泰特美术馆1999年举办"布鲁姆斯伯里艺术展"时，专门为它布置了一个展柜。那次展览的策展人、艺术史家理查德·休恩对这本书的设计大加赞赏：

> 如果你用手小心地抚摸它（当然它是不允许你摸的），你会感觉到它是有凹凸不平的纹理的，颜料或厚或薄，仿佛是画笔或者海绵不经意之间划过纸面造成的。我认为这非常漂亮。并且我认为它是霍加斯出版社早期出版的最漂亮的书之一。

弗吉尼亚·伍尔夫开办的霍加斯出版社出版第一本书是在1917年，但为了搞明白出版这本诗集的来龙去脉，此处我们要再向前回溯几年。伍尔夫1915年1月25日（她的生日）那天的日记透露了很多内容：

---

[1] 杰克逊·波洛克（1912—1956），美国画家，抽象派艺术代表人物之一。

让我将发生的一切赶紧都记下来。L（莱纳德）此前已发过誓，他绝不会送我生日礼物的，我像个贤妻一样，对他的话深信不疑，但他一大早却钻到我床上，手里拿着一个小包裹，里面是个漂亮的绿色钱包。接着，他给我端来早餐和报纸，报上登有一则海军打了一场胜仗的消息。然后，他又拿出一个棕色的、方方正正的包裹，里面是《修道院院长》（*The Abbot*）一书的首版，很漂亮。随后，他带我来到城里，免费接受他的款待：先去看了一场电影，然后去了巴扎德酒吧。在一边喝茶的当儿，我们做出了三项决定。首先，如果可能的话，将搬到霍加斯（房子）去住；其次，买一台印刷机；最后，买一只斗牛犬，最好就取名叫约翰。这三个主意都叫我欣喜不已，尤其是印刷机。

这是怎样一番生日款待啊！人人都能看出来，莱纳德·伍尔夫明摆着在小心翼翼地献殷勤，目的不过是为了防止弗吉尼亚的神经崩溃反复发作。她当时刚刚写完了《出航》（*The Voyage Out*）（她的处女作），战争也时常折磨着她。因此，她丈夫正想尽一切办法，寻找有效的措施疗治她，让她摆脱萎靡不振的状态：搬家、培养新的爱好、从事手工劳动、买一只宠物狗等。后来，那所坐落在里士满的美丽的乔治亚式住宅，被适时地租下了；购买印刷机一事也达成了一致，但真正买下来是在两年之后。至于那条狗的事，我不知道后来怎么样了，很可能买一条名叫约翰的斗牛犬并不如想象的那般容易吧。

购置印刷机一事被耽搁许久的主要原因在于费用："由于印刷机要花 20 英镑，而我们手头又正好十分紧张，所以恐怕要等到 3 月才能买它。"按照莱纳德的说法，3 月中旬，他们时来运转了：

> 1917 年 3 月 23 日，我们散了一下午步，沿着舰队街、法林顿街散步，一路往霍尔本高架桥走，途中路过"精益印刷器材公司"。公司规模并不是很大，但是销售各式各样的印刷设备与耗材，从手持印刷机、印刷字模到排字盘，无所不有。几乎所有的印刷工具看上去都很吸引人，于是我们俩透过橱窗盯着它们看，像两个饥饿的孩子贪婪地盯着面包店里的面包与糕点。我们走进去，向一位身着棕色工作服，非常善解人意的男子说明我们的心愿与遇到的困难。他的回答非常鼓舞人心。

这位乐于助人的店员卖给伍尔夫夫妇一台印刷机、一套字模、制版框、活字盘，还附有一本操作手册。那位店员说，操作手册会"完美无缺地"教会他们印刷。但事实上，那本手册根本谈不上完美无缺。最后，经过一年多令人心酸的摸爬滚打和数不清的失败，弗吉尼亚终于慢慢摸清了门道。

> 当你手上有整套的字模时，你必须先要把它们按照不同的字母、不同的字形分门别类，放入适当的地方，这项工作是旷日持久的，特别是你老把"h"和"n"搞混淆时就更是如此，昨天我就把它们弄错了。我们不可自拔了，无法停手。我终于明白，真正的印刷出版会耗费你一生的心血。

捡字、排版与装订书籍对弗吉尼亚具有一定的疗效，这一切把她从文学创作时神经紧绷的想象工作中解脱出来。成为一个半职业化的印刷工不仅惬意开心，甚至她还开始挣到一些钱。莱纳德是个极其精明细致的商人，他专事打理商业事务，而且他也喜欢他们这项新事业所涉及的全部技术性的、操作性的活儿。不仅如此，他身上本来也有一点儿神经质，而看着亲手一页一页印刷、一针一线装订起来的书越积越高，他的心境也获得了极大的平静。

多数日子里，弗吉尼亚总在静静地捡字排字，速度越来越快，越来越准确，页面也越来越有美感："1918年4月10日，星期三，天气阴湿。排印书籍。1小时15分钟就排完了一页，我的新纪录。"那天下午,伍尔夫夫妇家里来了《自我主义者》杂志老板哈里特·韦弗小姐,她希望来了解一下,霍加斯出版社是否愿意排印出版詹姆斯·乔伊斯先生的《尤利西斯》一书。弗吉尼亚后来说:"这工作,没有一家印刷所愿意承担,那本书,想必是由于内容煽情,再加上作者前一本书所取得的成功,一定会让人脸红心跳。"

韦弗小姐当时把书稿也随身带来了,接下来的一年里,在他们四处寻找愿意承揽这项工作的商业印刷所期间,这部书稿就一直躺在伍尔夫夫妇家中。他们当然不可能揽下这活计,因为我算了一下,按照弗吉尼亚排印一页书的速度,要她排印完整本《尤利西斯》,差不多要47年之久。

众所周知,《尤利西斯》最终于1922年由西尔维娅·毕奇在巴黎印刷出版。书的封面是蓝色的,因为乔伊斯坚持封面必须与希腊国旗的颜色保持一致。那一版的《尤利西斯》是部辉煌巨著,当然也是我最喜欢的20世纪的书籍。不过,如果说霍加斯出版社恰恰错过出版堪称现代主义运动教父之作的《尤利西斯》令人遗憾的话,那么,他们不久就赢得了为另一本巨著效劳的机会。

1918年11月15日,星期五。排字工作因为艾略特先生的到来被打断。艾略特先生确实人如其名,是一个衣着光鲜、举止优雅、措辞精巧的美国青年,语速很慢,似乎吐出的每一个词都带有为之特别增添的修饰音。但是可以十分清晰地看出,在这外表之下,他非常理智、不容辩驳,坚决捍卫自己的观点,有自己的诗歌信条。他拿出三四首诗给我们看,这是他近两年里的收获,因为他白天在一家银行工作;而且,他还理直气壮地解释说,他认为有一份稳定的工作对于一个人的神经系统是大有裨益的。

焦虑不安的艾略特先生和闷闷不乐的伍尔夫夫人在此时相遇可谓是恰逢其时。她需要新的作者,他需要新的出版社。艾略特前一年出版的《普鲁弗洛克及其他》现如今被视为世纪文学杰作之一,但是当时却未获多少好评,下面这段文字代表了当日的典型观点:

> 艾略特先生属于那种聪明的年轻人,他发现糊弄一位正经八百的评论家是非常有趣的:"我只是把脑子里一闪而过的东西记录下来,给它取名《J. 阿尔弗雷德·普鲁弗洛克的情歌》而已。"我们不想摆出屈尊俯就的姿态,但我们可以肯定,艾略特先生有本事遵照传统诗律写出更加精彩的作品。就他来看,似乎是聪明过了头,"聪明反被聪明误"。

谁也不喜欢精明过头的傻蛋，特别是如艾略特那样的机灵鬼。但是伍尔夫夫人就不一样了，她本人也聪明绝顶，当然能英雄惜英雄："艾略特给我们送来一些诗作，一旦《邱园纪事》排印完毕，我们就排印这些诗作。"

艾略特送来出版的诗作是不折不扣的现代诗：知识渊博、清脆爽口、尖酸刻薄，俗不可耐的土话与高深莫测的学术语汇交替出现，而且是英语、法语并用。先来看看这些标题：《夜莺中的斯威尼》《河马》《拼盘姘伴》(*Mélange Adultère de Tout*)。《艾略特先生的周日晨课》一诗的开篇两节奠定了全书的基调：

> 子嗣多多繁多，
> 主的聪明伶俐的军中小贩，
> 飘过块块窗玻璃。
> 太初有道。
>
> 太初有道。
> τό έν[1] 重胎复孕，
> 在每月一次之时

---

[1] 希腊语，意为"那一个"。

孕育了弱不禁风的奥利金。

你简直不知道该干什么好，是去找词典呢，还是去找阿司匹林。仅仅八行诗，就遇到七八个令人莫名其妙的生字！即便是我电脑里的拼字检查程序也对其中的五个字束手无策。这不是（并远远超越了）之前人们所认为的"诗"。你如果不先解决这些问题，是不可能欣赏它的，甚至连弄明白它的意思也做不到。如果说《普鲁弗洛克及其他》当初曾引起不满，那么《诗集》一书就会叫人勃然大怒了。

以马后炮的角度看，这部就此产生的书是形式与内容的完美结合，一幅现代主义画作的外衣包裹着一种激进的新诗歌话语的内容。也许你会说，《诗集》是英国现代主义运动发展初期的关键之作，但是若从当事人的角度看，他们并没有意识到自己处于文学史的一个转折点；他们关心的不过是出版一本书的有关事情。当时，伍尔夫夫妇真正担忧的是，怎样为书的封面选择适当的颜色，而事实证明，这件事不是选择判断得当，更多是运气使然。

根据理查德·休恩的说法，使用不同颜色的纸张不是想到就能做到的，而在很大程度上取决于机遇："他们要么是从商店里买的，要么是罗杰·弗莱或其他哪位画家朋友为他们在大开纸上画了许多幅，然后由他们切割并折叠成封面大小，再逐一贴上书名标签。"

伍尔夫夫妇通常都会咨询作者本人,就书籍的设计与装帧等进行商讨,艾略特对他们的建议十分高兴:

> 亲爱的伍尔夫夫人:
> 非常感谢你给我寄来这么多的图案样式,而且一下子就寄来了这么多。我仍然认为,最初选择的那一种是最佳的,而且也很可能最受那些会购买这本书的人喜欢。深蓝色的那一种也很不错,但是它们会相当昂贵,所以我选了其中的一个作为备选项,而把从上述三种之中做选择的机会留给你们,这是唯一明智的抉择。

我觉得应该趁此机会强调一下,如果1919年那时候,能够有一家可以与水石书店相媲美的大型书店的话,那么这本小书被摆在书架上,和同时期出版的其他书同处一地,会显得多么地与众不同啊!因为在那时,书籍封面通常都是非常庄重的灰色或蓝灰色,再用老气的斜体字印上书名。

虽然弗吉尼亚对年轻的艾略特先生很有信心,但她对他即将面世的夺人耳目的新书究竟会引起怎样的反响还是感到惴惴不安:

1919年5月12日。正是我们出版社忙得不可开交的季节。约翰·米德尔顿·穆雷、艾略特和我三个人今天早晨联手面对众人，或许因为这个原因，我感到些微但却是确定无疑的沮丧。

确定无疑的是，正与当初不喜欢《普鲁弗洛克及其他》一样，大多数的评论者也不喜欢这本新书。亚瑟·克拉顿－布洛克在《泰晤士报文学副刊》上撰文，表示对这本书的讨厌，他直言不讳地狠批了艾略特先生一通：

> 艾略特先生喜欢卖弄自己过人的学问。他喜欢用自己想到的所有伎俩来故作惊人之举。但是诗歌是一门严肃的艺术，太严肃了，不能容忍他那样的戏弄……他正陷入成为跳梁小丑的危险境地，接下来他还有什么招数？他很可能会像穆雷那样，以诗反对诗，但是作为诗人，你总不能依靠以诗反对诗生活，你必须忘记过去的一切，忘记昔日作家们犯过的所有错误，你必须勇于冒险，敢于犯一些属于你自己的、积极正面的错误，不然，你就会越来越多地犯一些消极负面的错误，会将自己的才干白白糟蹋掉，成为一个只会咯咯咯傻笑的、一事无成的艺术家。

但是，如果你真的想听听那种咯咯咯的傻笑是什么模样，那么就请读读下面这篇发表在《雅典娜神殿》上的正面评论文章：

> 艾略特先生注定会因为他的新颖、他的离奇招致众人的诅咒，但是这两个特点对于大多数艺术来说完全无关紧要，因为它们是昙花一现的，但在他的作品中，这两个特点甚至吸引了严肃批评家的关注，因为它们已经成为他的诗歌不可分离的一部分。艾略特先生总能有意识地尝试某种东西，这种东西是从所有逝去诗人的诗作中生发出来的，并且远远超越了他们。批评家有感于自己同类的不幸记录，总是小心翼翼地避免回答"这是诗歌吗？"这样的问题，相反，他们要求再多看几首艾略特先生的诗作，而不是只有这七首诗。但说实话，七首诗足以展现任何一位诗人的许多情况了。艾略特先生当然是个诗人。

这些话本身听来似乎并不怎么好笑，但如果你知道这出自莱纳德·伍尔夫之手时，显然就会乐不可支了。他和弗吉尼亚·伍尔夫一开始就感到有点儿不安，恐怕这样做太不公平，于是他们商定，由她来评论米德尔顿·穆雷的书，由他去评论艾略特的书，这样做就仿佛两个小偷商量说，他们中的一个人负责把东西偷到手，另外一个负责把它运出家门，这样从道义上说，他们俩就扯平了。无论怎么说，莱纳德·伍尔夫的话是正确的。也该有人出面以白纸黑字的方式宣告，艾略特先生确实是一位诗人。

当初艾略特的《诗集》伍尔夫夫妇一共印刷了250册，并且不到一年时间就全部卖光了。当时的定价是2先令6便士，这在现在看来相当便宜，但在当时相当于一名教师的半天薪水。如果换算成今天的物价，一本《诗集》要卖到三四十英镑（折合55美元到70美元）。如果是这个价可真算你幸运。实际上，今天一本《诗集》可能要花掉你差不多四五个月的工资。

我从来没有见过艾略特亲笔签名的伍尔夫版《诗集》，也一直在纳闷，他是否曾送书给伍尔夫夫妇，如果有过的话，现在那本书又会在哪里。艾略特是个缺乏自信的年轻人，不愿意出风头、惹人注意。但是他确实曾把自己出的下一本书赠送了一本给伍尔夫夫人，它就是阿尔弗雷德·克诺夫出版社1920年出版的《诗集》，也是他在美国出版的第一部诗集。我知道那本书现在的下落，因为它正是本人的藏品。那本书上的题签谦逊而完美："弗吉尼亚·伍尔夫惠存，T.S.艾略特赠。"

在过去这些年里，我经手过五本不带签名的1919年版《诗集》，最近的一本售价是1万英镑。每一本书我都记得清清楚楚，有一本是红色布面花纹装订的，一本是蓝色布面花纹装订的，另外三本是大理石花纹纸面的，但都稍有不同。每当我闭上眼，它们每一本的模样就会在我眼前清晰地浮现，而我依旧怀念着它们，仿佛它们是我一手抚养成人的孩子，待它们长大后，便放手让它们到世间去闯荡了。

Harry Potter and the Philosopher's Stone

J.K. Rowling

《哈利·波特与魔法石》

　　我总想不明白，弥达斯国王究竟是如何点石成金的。唉，无论什么东西，只要他一碰，就能立马变成金子？真是不可思议：你早晨一觉醒来，用手指头动几下，财宝就滚滚而来了。金牙刷！金调羹！当然，你一定要小心，千万不要见到孩子就拥抱，也不能和皇后上床求欢。这可真是个令人着迷的主意，它荒诞不经，也危机四伏。这一切是如何得来的，没有人解释过。我的观点是，他手上有一颗魔法石，长期以来就一直流传着，它能变出上述各种各样的魔法。

　　J.K. 罗琳肯定也有整整一大口袋这样的魔法石，因为无论是在出版界,还是在珍本书市场,都从未见过能与"哈利·波特"相媲美的书。"哈利·波特"系列小说与电影让罗琳成为全英国最富有的女人,为她的出版商布鲁姆斯伯里出版社和学林出版社赚了大把大把的钞票,使她的经纪人成为亿万富翁,也为华纳兄弟电影公司赚了令人瞠目结舌的钱。甚至该书的封面设计师(该系列小说刚出版时没有带护封)也因为那幅原作大赚一笔,差不多有8.6万英镑之巨。

这段故事在人们口中反复流传,染上了一层神秘色彩。常听到的版本是:乔安妮·罗琳,一个饥寒交迫的单亲母亲,只能依靠救济金过日子,由于所居住的公寓不带暖气,她被彻骨的寒冷所逼,来到当地一家咖啡馆写东西,尚在襁褓中的女儿就躺卧在她的身边……她所写的书稿后来出版了,赢得全世界的赞誉,也立马为她带来难以想象的财富。哈利·波特这个人物也因此加入克里斯托弗·罗宾[1]、哈克贝利·费恩和彼得·潘的行列,成为世界儿童小说人物殿堂中的一员。乔安妮·罗琳随即搬入与霍格沃茨魔法学校一样巨大的豪宅,并在那里着手创作接下去的六部"哈利·波特"系列小说。

上述内容有相当一部分并不属实,后来我们才知道,一切都如因为一夜暴富而不知所措的罗琳本人所说的那样:

---

[1]《小熊维尼》的主人公。

不错，我的确是在咖啡馆里写东西的，我的女儿就睡在我旁边。这一切听来非常浪漫，但如果真让你过那样的日子可就一点也浪漫不起来。人们说，"嗨，她的公寓里没有暖气"，这不过是添油加醋的花边而已。我并不是为了取暖才去咖啡馆写作的。坦白地说，我去那里是为了美味的咖啡，我可不想因为不时要起身去煮咖啡而中断自己的写作思路。

不，她可不是什么饥寒交迫中爬格子的无产阶级文人；她是一个出身中产阶级家庭的埃克塞特大学毕业生（主修法语），曾在葡萄牙有过短期逗留，并步入了婚姻殿堂，回到爱丁堡时，带着自己新生的女儿，情绪十分低落，面对未来一筹莫展。和许多文学专业毕业生一样，她也尝试着去写小说。她喜欢写作，也擅长写作：差不多这一辈子她都一直在写个不停。

年仅6岁时，她就写出了平生的第一个小故事《小兔子》：

> 我是一个小书呆子的化身——身材矮胖，老喜欢蹲着，戴着厚厚的黑框眼镜，整天沉浸在自己的白日梦里，无休止地编故事，偶尔从梦境中走出来，就会折磨我可怜的小妹妹，逼着她听我讲故事，陪我玩那些由我胡编

乱造的游戏。

多年后，她在一次乘火车旅行的过程中，又一次陷入这种白日梦状态，突然，哈利·波特的故事闯进她的脑海。她盯着车窗外的牛群：

> 突然，哈利的形象在我的眼前闪现。我说不出是什么缘由，也说不出是因为什么东西的触动令我想到他的。但我可以清晰地看到哈利的模样和魔法学校的构架。突然间，我有了一个基本故事框架：一个小男孩，他不知道自己的身份，也不知道自己生来是一名巫师，直到有一天，他收到一份来自魔法学校的入学邀请信。我此前还从没有因为想到一个主意而如此兴奋。

由于当时手头上没有纸和笔，她只得一路上在脑海里构思着那所学校，以及故事的主人公（当时还没有给他命名为哈利·波特）将要打交道的学校中各种人的模样。等火车到达目的地时，她已经勾画好了罗恩·韦斯莱、猎场看守人海格，以及差点没头的尼克与皮皮鬼等角色。

但是，从构思到付诸实施，中间还有很长一段路要走。因为罗琳从一开始就知道，哈利不只是一本书的主人公，而是一系列小说的主人公，他的学习生涯将会贯穿整个系列小说。自1990年开始，她就在同时展开7本书的写作。显然，最后一部的最后一章很早就完工了，但被她随即锁进了抽屉，然后，她才一路小心翼翼地写下去，朝着自己既定的故事高潮缓步推进。

1995年，罗琳写完了自己的第一本书，但是并不清楚该如何出版。一天，她在随意翻查电话黄页时，一个名叫克里斯托弗·里特尔的文学经纪人跃入眼帘，似乎是他的姓名吸引了她，也许是因为那个名字叫她想起温和可爱的、会说话的小老鼠斯图尔特，也许是她想起了克里斯托弗·罗宾？她把书稿寄了出去，开始了漫长的等待（其间她曾动过自费出版的念头）。

出版商与文学经纪人的手中通常都有许许多多主动送来审阅的书稿，它们一般都被堆在一旁，无人问津，除非直到有一天，某个初级审读员满腹狐疑地把它们扫上一眼，它们才有机会重见天日。在里特尔先生的公司就有这样一位初级审读员，她叫布莱欧尼·埃文斯，是她第一个阅读了名不见经传的乔安妮·罗琳写的《哈利·波特与魔法石》。里特尔的公司通常并不出版儿童书，但是埃文斯喜欢看，她"把小说一口气读了一遍，因为那本书实在棒极了，非常搞笑，非常精彩"。她竭力鼓动克里斯托弗·里特尔当即签下这本书，于是里特尔连夜把书读了一遍。他也很喜欢它。两个月不到，在罗琳同意就书中少数几个地方稍做修改之后，书稿就已经摆上了伦敦多家出版社的案头。

但是没有一家对它感兴趣。企鹅出版社拒绝了它，哈珀科林斯出版社与环球出版社也拒绝了。在相继吃了12家出版社的闭门羹之后，书稿最终被送到布鲁姆斯伯里。当时，他们的儿童图书部刚创立不久，领头的是巴里·坎宁安（有意思的是，他之前刚刚从市场部调过来）。他对小说质量深信不疑："这部书读来才叫爽啊！它最先打动我的是，小说塑造了一个完全想象出来的世界。而乔（安妮）完全掌控着人物的个性，以及他们未来生活的发展走向。"一个月不到，布鲁姆斯伯里就答应出版该书，克里斯托弗·里特尔也向罗琳提议接受对方开出的条件，喜上眉梢的罗琳随即签下合约，预付版税是1500英镑。小说最终出版时，作者的署名改为J.K.罗琳，因为克里斯托弗·里特尔相信，女孩子通常喜欢读男作家写的书，而男孩子则不会读女作家的书。

庆祝小说出版的午餐会在苏活区一家出版界人士经常光顾的廉价酒吧举行，会上，巴里送给罗琳一句忠告，堪称永垂不朽的金玉良言："写童书是永远也赚不到钱的，乔。"

如今，"哈利·波特"系列小说已经出齐了7本，根据它们改编的7部电影也将陆续上映[1]，加上"哈利·波特"系列游戏软件，还有花样繁多、样式齐全的衍生物品，罗琳笃定能赚10亿英镑之巨。这一切可不是一蹴而就的——世上的事从来不会如此，但是其势头是不可挡的。布鲁姆斯伯里当初首版只印刷了区区500本，但是将美国版版权出售给学林出版社就赚了10万美元，而且还让罗琳登上了报刊的头版头条。小说几乎获得了全世界的一致赞赏。通常，作家的版税都是慢慢累积的，待到第二本书《哈利·波特与密室》出版时，罗琳落袋为安的支票收入只有2800英镑。短短两年过后，4部哈利·波特系列小说已经牢牢占据《纽约时报》畅销书榜的1到4位，罗琳每年的版税收入也超过了2000万英镑。出版史上还没有哪本书有过如此骄人的销量与飙升速度。似乎所有人都喜欢哈利·波特：不只是图书本意所面向的8到13岁的少年儿童读者迷上了它们，而且数以百万计的成年读者也因为读书给自己的孩子听而对它们着迷，此外，还有大量的成人读者，他们纯粹是因为自己喜欢而阅读这套书。

看起来，在这些成人读者中有相当数量的人是藏书家。他们想要收藏所有7本书的首版本，特别是《哈利·波特与

---

[1] 本书首版于2004年，当时"哈利·波特"系列电影刚刚上映了前3部。

魔法石》的第一版。该书面世后不满一年,二手市场的行情已经达到500英镑一本。也许你会说,这纯粹是在发疯。我当初也这么认为。然而你我都错了!因为珍本书市场并不是业界人士所能操纵的,而是永远由藏书者掌控的。市面上流通的"哈利·波特"系列小说的首版本数量不够充足,价格自然直线攀升。最近一场拍卖会上,有一本的成交价是1.3万英镑,而我曾经在一些待售珍本书目录上看到,它的标价高达2.5万英镑。我的老天爷,那个价格已经足够买到品相上佳的W.B.叶芝、康拉德或者D.H.劳伦斯的藏品了。

我表达这个观点有些迫不得已,是《独立报》专栏作家约翰·沃什带着一本校勘本来到我的办公室,想要向我兜售时,我才这么说的。

"拜托啦,"我祈求他说,"走吧。我不想要。不要强人所难嘛。"

"好啦好啦,"他坚定地说,"出个价?"

"2000英镑,"我说,"但你最好还是去别处试试。"

他去了。几天后,果然不出所料,一部长篇大论发表了,追踪了他拿着那本校勘本四处询价兜售的全过程。所幸的是,他最终出手的价格要比我开出的不值一提的价码高出许多,而且还承蒙他非常有风度地形容我"满头乱发,激情四溢"。接下来的一个星期时间里,我把自己的头发摆弄来摆弄去,像个疯子似的。不过，我始终还是没有涉足"哈利·波特"系列的买卖。

尽管我瞧不上书中的小魔法师，但他还是在珍本书市场掀起始料未及的滔天狂澜，就和他在出版物市场和电影票房方面一路攻城略地一个样。可我还是有点儿不明白：他哪里来的这么大能耐？这个毫不虚张声势的小家伙，凭借额头上的那块伤疤，就能一举俘获从英国小镇凯特林到尼泊尔首都加德满都的各路读者？那套书我都读过，抱着愉悦与赏识的心情一路读下来，可我怎么也闹不懂，为什么它就能赢得全世界读者的广泛欢迎。那些故事——作者本人也公开承认——不过是将已知著名作家，如罗尔德·达尔与C.S.刘易斯等人的各种素材资源巧妙地融会贯通，组合而成的，同时，它们还心照不宣地将传统的民间巫术魔法元素与"上山拜师学艺"的故事嫁接到一起。可是，无论怎么说，整体要强过把各个部分简单相加的效果。那套书似乎沾染上了魔法，砰，砰，它们全变成了金子。

我想，乔安妮·罗琳是否也像她的老前辈弥达斯国王一样，心中充溢着丝丝缕缕的悔意，怀念自己当年在爱丁堡的那段默默无闻、埋头创作的时光？她女儿张口会说的第一句话就是"哈利·波特"，这叫罗琳感慨伤怀；她父亲把她送给他的所有签名本统统卖了出去，这叫她恼羞成怒。各种迹象表明，无休止的宣传造势手法与市场推广伎俩已经令人耳朵起茧，心生厌烦。罗琳在国王十字车站里搭建的9¾站台前，一待就是一整天，她一肚子恼火，没好气地说"实在很傻"，看似她恨不得自己能从那个神秘通道消失才好。当然，在英国要出名都得付出代价：足球明星乔治·贝斯特会受到嘲笑，影星休·格兰特会遭人羞辱，作家马丁·艾米斯会麻烦缠身。对英国人来说，没有什么比拉名人下马更叫自己开心的。当然，一旦某个明星过了气，他就又会受到众人的爱戴。诸位不妨想想伊恩·博坦与泰德·希思的经历。

罗琳对外界进行的各种攻击早已经司空见惯，但她还是感到大感不解。她从不炫耀，避免在公开场合抛头露面，只管继续写作那部令成千上万小孩子感到开心的作品。这些还不够，曾经担任2000年惠特布莱德童书奖评委的文学批评家兼传记作家安东尼·霍尔顿就十分痛恨罗琳小姐的作品，他说："我发现自己正在读的是一部冗长乏味、文笔糟糕的'骑扫帚的比利·邦特'[1]。"在互联网上，有人甚至开玩笑地提议，应当授予J.K.罗琳诺贝尔文学奖，对此霍尔顿也一头雾水："授予J.K.罗琳诺贝尔文学奖，在我看来就和当年授予亨利·基辛格诺贝尔和平奖一样荒谬。"

---

[1] 比利·邦特，全名威廉·乔治·邦特，是英国作家查尔斯·汉密尔顿以笔名弗兰克－理查兹创作并发表的系列学童故事中的主人公。

唉，这可有点儿尖刻，不过如果和A.S.拜亚特的话相比，这绝对算是宽厚仁慈的。拜亚特一贯是嘲弄人的高手，她也加入了攻击罗琳的行列，在《纽约时报》上发表了一篇言辞恶毒的文章。她指出，那些书主要受到那些（孩子与成人）读者的欢迎，"他们的想象力都被电视卡通片、夸张搞怪的——非常刺激却又叫人无动于衷的——荧屏肥皂剧、电视真人秀与名人八卦访谈节目给限制了，简直是脑残"。任何郑重其事为"哈利·波特"系列小说叫好的人，都只能是"生活在都市丛林里的"文盲大老粗。

"哈利·波特"系列小说广受欢迎，这叫霍尔顿与拜亚特感到难受，但他们也不得不接受这个事实。可是，这并不能说明小说真的写得很好。人们急切地问，这些作品真的能登入文学殿堂吗？在此，我不想就什么是文学展开讨论，因为只要摆出几个例证就能说明问题。《霍比特人》是文学，《神力五名人》[1]则不是。伊妮德·布莱顿属于我们文化遗产的一分子，但却不属于文学遗产。

那么J.K.罗琳又该被摆放在什么位置呢？（以及：这个问题要紧吗？）我不认为，人们在做出这类评判时可以单单

---

[1]《神力五名人》(*The Famous Five*)是英国著名儿童文学女作家伊妮德·布莱顿（1897—1968）创作的系列儿童小说，主人公是四个孩子与他们的狗。

凭借个人的口味嗜好。如果你喜欢伊妮德·布莱顿胜过托尔金，我不会奇怪；但是如果你认为她是比托尔金更卓越的作家，那么，你要么是个涉世未深的孩子，要么是个白痴。

我想，人人都是通过大量阅读，并把此物与彼物进行比较后才做出上述区分的。比如说，我对"哈利·波特"系列小说的看法，是在我读了菲利普·普尔曼超人一等的杰作《黑暗物质》三部曲之后才发生改变的。和罗琳的一样，普尔曼的系列小说，也以宇宙命运这一问题作为核心。两个故事中的善恶争斗最终也是以儿童主人公的力量与信念决出胜负的。但如果你把两位作家放在一起比较，普尔曼毫无疑问要更胜一筹，写得更深刻、内容更丰厚，对我们读者的素养要求更高。《黑暗物质》是英国文学经典，而"哈利·波特"系列，在我看来，算不上。

这个问题并没有困扰我，就像有人认为贝多芬胜过甲壳虫乐队，济慈胜过鲍勃·迪伦于我无关紧要一样。萝卜青菜，各有所爱嘛。我怀疑，对 J.K. 罗琳的敌对情绪说到底只是因为那些简单的数据，而对她令人惊叹的文学事业的妒忌日渐升温。如今，她是史上最富有的女作家，仅仅去年一年，她就挣了 1.25 亿英镑。她的书被翻译成 61 种文字出版，在全球范围内的销量达 2.3 亿册。所有这一切只用了短短 7 年时间。即便是罗琳本人也承认，"奇迹"一词并不足以用来形容这一切。有弥达斯国王的例子在前，用"变魔法"一词可能更加贴切。

High Windows
Philip Larkin

《高窗》

　　多年来，我养成了一个习惯，总是买进、卖出同一本书，然后再重新买进、卖出同一本书。收藏家们有时心生厌倦，就改变兴趣点，重新部署自己的收藏方向，可我呢，常常还是会回购我多年前卖出的某一本书。然而，这种情况很少会发生在作家手稿这类藏品身上。珍本书市场一贯越来越小，我们卖出的作家书信、手稿多半最终都流入了图书馆；那里算得上是它们合理的归宿地。可我十分憎恶珍本书最终以被公共机构收入囊中结束旅程，因为在那里，它们很可能既降低了价值，又降低了使用率。可是，手稿是具有研究价值的，它们应该存身于公共机构,尽量方便专家学者们使用。

然而最近,我试着想要回购菲利普·拉金的一首小诗的手稿。五六年前,我把它卖给了珍本书商罗伊·戴维斯,可他一直没能转手。由于他在手稿售卖领域一向比我精明许多,所以我的回购很可能是极不理智的行为。而且,一旦你知道了那首诗的内容,你一定会纳闷,我干吗要把它买回来。我自己也搞不懂呢。

那首诗叫《如何赢得下一次大选》(*How to Win the Next Election*)(写于 1970 年),是准备用 Lillibullero[1] 的调门吟唱的:

> 罢工的,统统抓起来,
> 让猫回来当权,
> 黑鬼们,全都要赶开,
> 这样好不好?
> (副歌:黑鬼,黑鬼……)
>
> 和帝国主义通商,
> 禁止有伤风化,

---

[1] Lillibullero 是英国 1688 年革命时期流行的一首讽刺天主教徒的歌曲的一部分。

共产主义分子，关进大牢——

天佑吾女王。

（副歌：共产主义分子，共产主义分子……）

安德鲁·莫欣在他所著的拉金传记中曾引用这首"酸不溜丢的打油诗"，称其为拉金日益转向右翼的无可辩驳的证据。他还列举拉金后来的一首诗《恭祝女王银禧》(*On Her Majesty's Silver Jubilee*)（写于1977年）为证：

在希利的那些贸易数字之后，
在威尔逊那群三教九流之后，
在澎湃激荡的黑鬼人群之后，
一睹你的尊容，怎样的款待！[1]

当然，这两首诗在拉金生前并没有发表，即便是他的编辑安东尼·斯怀特也觉得不适合将它们收入1988年出版的《拉金诗选》。斯怀特将这些诗归为"补白之作，或打油诗，是拉金写在信中送给朋友们的游戏之作"。他还指出，在随

---

[1] 威尔逊，即詹姆斯·哈多德·威尔逊（1916—1995），英国政治家，曾于1964年至1970年、1974年至1976年两度出任英国首相。希利，即丹尼斯·希利（1917—），1974年至1979年担任英国工党财政大臣。

后即将出版的《拉金书信选》中,"这些诗作将会在具体的上下文中得到正确解读"。斯怀特是诗人的毕生至交,他明白,类似这样的诗是拉金在书信中写给像罗伯特·康奎斯特、金斯利·艾米斯这样的至交密友的,而且写信人与收信人都明白这不过是逗乐开玩笑,纯属私人范畴,就像那些私人信件一样。

我不敢肯定,斯怀特的说法能让我们——或者拉金——摆脱窘境。但可以肯定的是,类似这样的感怀无论是私下里说还是公开表露,都会令人反感,当然私下说造成伤害的可能性要小很多。但这些话当真应该被归为"感怀"? 如果不是,那么到底是什么呢? 这个令我不断反问自己的问题既简单又复杂:这到底是发自拉金内心的声音,还是拉金创造出来用以自娱娱人的另一个自我的声音?

如果是第二种情况的话,就不禁让我想起巴里·汉弗莱斯[1]塑造的埃德娜·埃弗瑞吉夫人,以及她那副伪装起来的,嘲笑、谩骂残疾人和靠养老金维持生计的老弱病残以及"有色人种"的尊容。当然会引起很多愤怒,而埃德娜为此辩解、化解怒火的方式(非常高明)是:"老乡呀,我那么说可是出

---

[1] 巴里·汉弗莱斯(1934—),澳大利亚喜剧演员、表演艺术家、作家、达达主义者,他最重要的艺术成就就是在舞台与电视节目中反串塑造了一位墨尔本的家庭主妇埃德娜·埃弗瑞吉夫人。

于我最关切之心啊！"

那么，埃德娜是个种族主义者与心怀偏见之人吗？根本不是，埃德娜是个嘲弄种族主义者与心怀偏见之人的反种族主义者。即便是傻瓜也看得出来。那么巴里·汉弗莱斯又怎样呢？埃德娜是他身上的阴暗面，但不是他本人，他身上没有任何迹象表明他分享了她的性情。

至于拉金，他的多重人格根本不可能做到泾渭分明。不可否认的是，拉金分明对20世纪60年代后期英国社会生活品质的日益恶化感到愤愤不平。对于哈罗德·威尔逊领导的工党政府，拉金在1969年给金斯利·艾米斯的信中写道："那些脑袋僵化、拥抱黑鬼、裁减军备、鼓励堕胎、宽宥谋杀犯、害怕见人的皮条客，全都去死吧！这可是我有生以来最糟糕的政府。"（他并没有补上一句说，他说这番话可是出于菩萨心肠。）诚然，他写这封信可没想着要公开发表它，不过换个角度平心而论：他也并没有打算不公开它，因为到1969年，拉金（还有艾米斯）应该完全明白，他们的信件终究有一天会公之于众，接受老百姓的检视。所以，照理说，拉金应该做好了准备，让信件内容公之于众。

他真是这样想的？

让我们暂且回到我手上这份诗歌手稿上来。如果有哪位在读过那首诗之后——无论他觉得多么不自在——不暗自发

225

笑,那就奇怪了。它还会叫你读了之后暗地里倒吸一口凉气。我有充分理由相信,就我个人的情形看,如果把"黑鬼"一词换成"犹太佬",我偷着乐的冲动会立即消失,而畏怯不安的情绪会依然保留。看来我身上残留了太多的学校顽童气息,一看到有人敢于说出一些吐不出口的话语,我就非常欣赏,心底里觉得爽亮。就像拉金在写给牛津万灵学院院长约翰·斯派罗的信中说的那样:"我们生活在一个莫名其妙的时代:可以使用耸人听闻的语汇,尽管它依然耸人听闻——但却不会太持久……也许那些话非常有趣,却用愚蠢而老套的方式让它们听起来有趣。"

大家真的以为,菲利普·拉金会对他遇到的黑人粗暴无礼吗?不可能的。假如给他一个机会,他会像伊诺克·鲍威尔那样把黑人移民驱逐出国吗?我不相信。如果给他机会,让他表达自己对现代社会生活目标的痛恨之情,他会操着心态偏狭的"正宗本土英国人"充满激情的口吻调侃逗趣吗?毫无疑问他会这么干。他会干得非常出彩,除了在机智与措辞水平上叫别人无法追赶以外,你简直无法区分谁是拉金,谁是乡野莽汉。他是一个超级模仿家,敢于挖苦调戏政治正确(甚至在这个词语发明以前就做到了),喜欢运用惊世骇俗的言辞态度和朋友们打趣。如果你要一本正经地问他,是否真的持这样的观点,那你就跑题了。

我认为应该这样理解。

尽管我肯定,我们一直在讨论的"补白打油诗"中的庸俗一面是拉金本性中必不可少的一部分:它们就是那种(非常)生猛野性的材料,正可以被他不时地、不着痕迹地转化为伟大的诗篇。也许,我们可以从差不多创作于同一时期的诗集《高窗》(*High Windows*)中的那首题名诗了解到某些东西。大家一定都记得那首赫赫有名的诗篇的开头几行:

> 当我看到一对小孩子,
> 从那模样我猜得出,他正在进入,而她,
> 正在服药或者戴子宫帽,
> 我知道,这就是伊甸园。

尽管这里看似有和夹在那些信件中的打油诗一样的语调与漫不经心的粗俗,但是实质上它源自完全不同的情感和思想。故意使用"服药"(taking pills)曲解"服避孕药"(on the pill)预示着试探性的不解世间风情,"戴"(wearing)子宫帽一词则让人联想到套头衫,而不是避孕工具。叙述者视像中有种饥渴感与骚动不安的情绪,预示着那名男子并没有对这个世界怨声载道,而只是觉得自己与世界隔绝了,处境窘迫,充满孤独,缺乏安全感。

拉金这种将（表面上）十分寻常与本质上无比崇高的事物融为一体的能力，使得1974年出版的诗集《高窗》在当年就成为他作品中最畅销的一部。之前，他曾在马维尔出版社出版过两三本诗作，但只有一部（《圣灵降临节婚礼》，1964年）是由主流出版社费伯出版的。1973年6月，拉金给编辑查尔斯·蒙蒂斯写信时，里面顺道附上了几首诗，他战战兢兢地说："我不是想要你帮着出版，我是想要你看看它们。"

两周不到，蒙蒂斯就答应出版这些诗，并立即开始为它寻找一家新的美国版出版社。拉金此前几本书的美国版都很糟糕，这正可以为他的观点提供佐证："美国出版商都是尼安德特人似的笨瓜。"拉金的这个观点后来得到了进一步的印证，因为希望出版这本书的罗伯特·基洛克斯想要抽掉那首名叫《子孙后代》的诗，其理由是，诗中提到了"特拉维夫""米拉的乡亲们"等字眼，而且用手势比画"钱的符号"有可能被视作有反犹倾向。双方为此僵持了好几个月时间，但拉金说什么也不肯让步，最后那首诗还是被收进了诗集，双方也都保全了性命。

《高窗》于1974年6月3日由费伯出版社出版。第一版印刷了6000册，这对于一本诗集来说印数已经很大了。9月份加印了7500册，次年1月又印了6000册。陡然间，拉金从一位受人尊敬的诗人成长为人人仰慕的人,甚至广受爱戴。持续发表的评论都洋溢着热情,这让拉金长舒一口气,但却并不很开心。它们都是来自那帮老朋友的赞誉——艾米斯、布朗约翰、奈、韦恩——只有克莱夫·詹姆斯[1]在《文汇》(*Encounter*)杂志上发表的褒奖性的评论才带给拉金莫大的快乐。他在给安东尼·斯怀特的信中说:"我想,这太奇妙了,连克莱夫·詹姆斯这样难伺候的家伙也愿意花时间为我这些老掉牙的诗作写评论。而且让我格外感动的是,这篇评论中隐含着真挚无私的同情与支持。"

可惜的是,《高窗》是拉金生前出版的最后一本书,虽然他此后还活了11年,并拼尽力气想再挤出几首终极性的应时之作。可是,光芒已经消退,无法再重新点燃——这种状况在浪漫主义诗人身上经常会发生。在《高窗》出版后,他告诉芭芭拉·皮姆[2],他再也写不出诗了:"那种想用几行合辙押韵的短句表达自己内心感受的想法,在我似乎如同月球上的杧果树一样遥不可及。"

1984年,当官方要授予他桂冠诗人头衔时,拉金以自己已经"挂靴"为由拒绝了。对于拒绝荣誉一事,他唯一感到

---

[1] 克莱夫·詹姆斯(1939—),澳大利亚作家,1962年以后长期生活并工作于英国。
[2] 芭芭拉·皮姆(1913—1980),英国女小说家。

后悔的是，后来他们把头衔递补授给了泰德·休斯——拉金厌恶他的诗，曾形容休斯"像是来自复活节岛的圣诞礼物"。"只要一想到，有一天，泰德将会被埋在威斯敏斯特的诗人墓地就让人无法忍受。'后悔不迭。免不了后悔不迭！'[1] 真叫人七窍生烟！"

《高窗》第一版的市场价并不特别高：花 80 英镑就可以买到上好的本子。但是有拉金签名的本子却是奇货可居，因为他向来只给有心保存他的书的朋友签名。但是偶尔会有一本书出现在市面上，当然露面的方式也怪异得很。1983 年，我在书目单上列出一本有拉金签名的《高窗》，上书"赠给哈罗德·品特，感谢你的好意，让我上场打了几局球——感激不尽——菲利普。"根据安东尼·斯怀特的说法，拉金与品特"都对板球抱有强烈的兴趣与热情"。而且，拉金曾在一封给品特的挂号信中提到，他在早晨 6 点钟起床，只为了收听板球赛节目转播，很可能他当时正置身海外。

那本书是我从传奇式的书探子马丁·斯通处买来的。那年头，斯通是一个被可卡因折磨得面黄肌瘦、整天戴着贝雷帽、牙齿掉得没剩下几颗的摇滚歌星。他年届中年突然发现，

---

[1] "后悔不迭。免不了后悔不迭！"一句为拉金早期作品《爱人，我们必须就此分手》（*Love, we must part now*）一诗中的诗句。

自己有一种了不起的天赋，善于搜寻被埋没的、价值不菲的珍本书。他是在品特的前妻、女影星维维安·莫琴特的遗物拍卖会上购得这本书的。维维安于1982年即两人离婚两年后自杀了。

我在待售书目第2号（1983年发行）上列出了这本书，标价275英镑（今天它的标价应该10倍于此）。书目发行两周后，我接到哈罗德·品特的秘书打来的一个电话。她告知我说，品特先生对一本"从他那里窃走"的书却被摆在市面上公开出售感到又气又恼。我必须将书立即归还，立即！

"我非常理解处在他那种情况所感到的苦恼，"我说，"让我和他谈谈，我会想出办法来帮助他的。"

品特先生拒绝和我通话，但是当他的秘书告诉他，那本书已经售出后，他恼羞成怒——分明能听到他和秘书唧唧咕咕的讨论。

"品特先生希望知道，你是从哪里买到它的，你又卖给了谁。他坚持那本书是他的财产！"

我解释说，那本书是从维维安·莫琴特的遗物拍卖会上散落出来的（唧唧咕咕，唧唧咕咕，寂静无声），而我是从马丁·斯通那里买来的，如今卖给了纽约商人格伦·霍洛维茨，我还把两位的电话都给了她。

我很不开心自己被莫名其妙地卷入这样一桩事情当中。

我明白，以品特的观点看，我一定有点儿滑头，是在推诿。既然那本书是签名送给他的，他坚持那本书归他所有当然名正言顺；至于后来那本书怎么又到了维维安的手里则只有天晓得了。别人把一本书赠送给你，结果却在市场上公开出售（并不是出于你本人的意愿），这件事当然会令你非常尴尬。

我试着向格伦回购那本书，但他告诉我，他已经把它卖给了一位酷爱那本书的私人收藏家，而且无论出什么价，无论何种情况，那位买主都不会出售。

过了两个星期，品特的秘书又打来一个电话，听她那声音，明显处于崩溃的边缘。

"杰寇斯基先生，"她兴师问罪道，"那个马丁·斯通一直不接电话，霍洛维茨先生则说，那本书如今已经卖给他的一位顾客了……"

"听起来一切正常啊，"我热心地说，"马丁从来不接电话，格伦本来就是个卖书的。如果我能直接和品特先生谈谈，也许我能给他详细解释解释。"

显然，品特先生很不希望与我通电话。于是，我只能祝他好运，建议他直接去马丁·斯通的公寓附近转悠，说不定哪一天他回家就能见到他了（他每过一段总要回家一趟的）。

几天后，电话再度响起。按照他那可怜的老秘书的说法，品特先生已经火冒三丈了，要求我立刻归还那本书。

"我很高兴能和他本人聊聊,"我说,"因为我不能肯定,我要归还的是什么。他真的不想要钱?他真的不必客气。但是不幸得很,要回那本书是没门的。"

结论是:品特先生死活也不肯和我说话。

"既然这样,"我说,"他不愿和我说话,那我也就无能为力了,你可愿意为我转达一个口信?"

"好啊。"那可怜的女人疲惫不堪地说,她很乐意呀。

"告诉他,我非常抱歉,但是这件事已经把我烦得要死,别再打扰我了!"

"没必要用这种口气说话嘛!"她郑重其事地说(嘀嘀咕咕,嘀嘀咕咕,咕咕哝哝),就这样,双方挂断了电话,事情不了了之,彼此再也没有通过话。

我为自己如此粗鲁无礼感到十分难为情。总的说来,我对待知名的剧作家一向都无比客气友好。我敢打赌,你决不会从汤姆·斯托帕德[1]的口中听到关于我的半句不是。可是,我实在没有办法让卖出去的书再变回来。

自那以后,我经手过许多拉金的物品——其中有一封公开出版的1984年的信件,上面有句话说:"他(指的是我)卖起我的书价格可贵了"——但是再没有经手过签名本的《高

---

[1] 汤姆·斯托帕德(1937—),英国著名戏剧家。

窗》。真的,我感到非常爽。它们带给我的烦恼要远远超过我挣的那点钱。

幸运的是,罗伊·戴维斯最终还是卖掉了《如何赢得下一次大选》的手稿。我不清楚我当初为什么要回购它,明摆着有许许多多引人注目的东西可以买的。可能由于某种说不清道不明的原因,那份小小的纸头触动着我的心弦,叫我兴奋,也叫我伤怀,仿佛它是一组象形文字的密码,一旦被我破解,将会带给我通往菲利普·拉金这个老家伙的密钥。

越接近真相就越发不安。我猜,这或许是"近乡情更怯"吧。事实上,《如何赢得下一次大选》不是什么护身符,而是一块照妖镜。它能叫接近它、触碰它的人立刻现出原形。虽然我极其讨厌安德鲁·莫欣的一本正经,想要漂净拉金身上庸俗平常的一面,但我也不敢恭维自己的那种品行:无论对那首诗多么不敢苟同,我却能一边读着那首诗,一边偷着乐。很高兴罗伊把它卖掉了,对那位新主人能够与它朝夕相伴,乐在其中,我没有丝毫的妒意。

致　谢

✣

这本书源自BBC四台的系列广播节目《珍本书,奇怪人》。我要向我的制作人莉萨·奥斯伯恩、伊万·豪利特表示感谢,感谢他们的耐心指教,还要感谢皮尔制作公司的彼得·霍尔的真心鼓励。

在改写广播稿、增补材料的过程中,康斯特堡与罗宾逊公司的卡罗尔·奥布赖恩饱含深情地倾尽自己的编辑之责,伊利诺·霍奇森提供了大量有益的学术性意见。彼得·格罗根、彼得·斯特劳斯和保罗·拉塞姆无私地帮助我校正错误与疏漏,以及言语表述的不当之处。我还要感谢克莱夫·赫施霍恩、纳塔莉·格拉斯蒂安、珀姆·哈林顿和乔尔蒂·威廉姆森,是他们帮助我搜集了相关书籍的各种照片。

我要感谢费伯与费伯出版社允许我引用相关章节的内容；感谢大卫·海亚姆联合会允许我引述相关文章；感谢作为已故诗人菲利普·拉金资产管理方代表的作家联合会，允许我引述了相关内容。

没有我妻子贝琳达·基钦的努力，所有这一切都不可能实现。我要感谢她的可不只局限于这一本书，而是许多许多，在此无法一一列出。

在写作本书的过程中，一场惨剧令我失去了朋友与文学经纪人贾尔斯·戈登。他是一个出色的文学经纪人，也是一个棒极了的人，充满活力，尽心尽责，是无可替代的朋友。凡是认识他的人都会因他而受益匪浅，他的离去令我们的生命失色许多。